나는 사임당이다

1판 1쇄 인쇄 | 2024년 02월 01일
1판 1쇄 발행 | 2024년 02월 06일

지 은 이 | 이순원
펴 낸 이 | 천봉재
펴 낸 곳 | 일송북

주　　　소 | 서울시 성북구 성북로 4길 27-19(2층)
전　　　화 | 02-2299-1290~1
팩　　　스 | 02-2299-1292
이 메 일 | minato3@hanmail.net
홈페이지 | www.ilsongbook.com
등　　　록 | 1998. 8. 13(제 303-3030000251002006000049호)

ⓒ이순원 2024
ISBN 978-89-5732-311-3 (03800)
값 14,800원

근세

현모양처의 대명사인 한 여성의 삶과 꿈

나는 사임당이다

이순원 지음

알른북

나는 *사임당* 이다.

많이 알려졌어도 실제
내 삶을 아는 사람은 드물구나

"나만큼 많이 알려진 인물도 없다. 그러나
나만큼 제대로 알려지지 않은 인물도 없다.
율곡의 어머니, 겨레의 어머니, 현모양처의
모범과 교육의 어머니로 많이 알려졌어도
실제 내 삶이 어떠했는지 아는 사람은 거의
없다. 나는 내 삶을 바르게 살고 싶었을 뿐
이다."

-사임당이 독자에게-

한국을 만든 인물 500인을 선정하면서

일송북은 한국을 만든 인물 5백 명에 관한 책들(5백 권)의 출간을 기획하여 차례대로 펴내고 있습니다. 이는 긍정적이든 부정적이든 우리 역사에 뚜렷한 족적을 남긴 인물들의 시대와 사회를 살아가는 삶을 들여다보고 반성하며, 지금 우리 시대와 각자의 삶을 더욱 바람직하게 이끌기 위해서입니다. 아울러 한국인의 정체성은 무엇인가를 폭넓고 심도 있게 탐구하는, 출판 사상 최고· 최대의 한국 인물 총서가 될 것입니다.

시리즈의 제목은 「나는 누구다」로 통일했습니다. '누

구'에는 한 인물의 이름이 들어갑니다. 한 인물의 삶과 시대의 정수를 독자 여러분께 인상적·효율적으로 전할 것입니다. 무엇보다 지금 왜 이 인물을 읽어야 하는가에 충분히 답해 나갈 것입니다.

이번 한국 인물 500인 선정을 위해 일송북에서는 역사, 사회, 문화, 정치, 경제, 국방, 언론, 출판 등 각 분야의 전문가들로 선정위원회를 구성했습니다. 선정위원회에서는 단군시대 너머의 신화와 전설쯤으로 전해오는 아득한 상고대부터 아직도 우리 기억에 생생한 20세기 최근세까지의 인물들과 그 시대들에 정통한 필자를 선정하고 있습니다.

우리는 지금 최첨단 문명시대를 살고 있습니다. 인터넷으로 실시간 글로벌시대를 살고 있으며 인공지능 AI의 급속한 발달로 인간의 정체성마저 흔들리고 있음을 절감하고 있습니다.

이러한 때일수록 인간의, 한국인의 정체성이 더욱 절실히 요구되고 있습니다. 그 정체성은 개인이나 나라의 편협한 개인주의나 국수주의는 물론 아닐 것입니다. 보수와 진보 성향을 아우르는 한국 인물 500은 해당 인물의 육성으로 인간 개인의 생생한 정체성은 물론 세계와 첨단 문명시대에서도 끈질기게 이끌어나갈 반만년 한국인의 정체성, 그 본질과 뚝심을 들려줄 것입니다.

차 례

작가의 말

조선시대의 여성 가운데 태어난 날과 죽은 날이 확실하게 기록되어 있는 인물은 과연 몇 명이나 될까? 조선시대 여성 가운데 후대에 부르는 이름 말고 살아 있을 때 실제 이름이 정확하게 기록되어 있는 인물로는 누가 있을까?

어쩌면 '사임당'이야말로 이 두 질문에 다 답할 수 있는 인물이 아닐까라고 생각할지 모르겠다. 그러나 하나는 맞고 하나는 틀리다.

남녀를 떠나 우리나라 역사에서 사임당만큼 많이 알려진 인물도 없다. 조선 중기에 태어나 후기에 이르면 이 나

라에 사임당을 모르는 사람이 없게 된다. 오늘날에 와서
도 그렇다. 5만 원권 화폐에까지 사임당의 초상화가 들어
가 있다. 그럼에도 우리 역사에서 사임당만큼 제대로 알
려지지 않은 인물도 드물다.

사임당의 삶을 더욱 객관적으로 살펴보는 평전을 쓰는
이유는 그렇다. 이제까지의 내용과 자료가 오류 투성이
인 가운데 그냥 대한민국 교육 이데올로기처럼 예로부터
겨레의 어머니로 무조건 훌륭하고 존경할 어머니여야 하
는, 묻지도 따지지도 말고 무조건 현모양처로 정답이 정
해져 있어야 하는 사임당의 삶에 대해 역사적으로, 또 문
헌적으로 가장 정확하고 바른 모습으로 그의 삶을 그려내
보자는 생각에서다.

신사임당에 대한 문헌을 살펴보면, 실제 사임당이 살
았던 시대가 아니라 후대에 사임당을 나라의 어머니로 받
들기 위해 쓰인 기록이 대부분이다. 실제 사임당과 동시
대에 쓴 기록은 아들 율곡이 쓴 한 쪽 분량의 '선비행장(

어머니의 일대기)'과 사임당의 그림에 대한 몇 사람의 발문과 그림평뿐이어서 사실에 가까운 사임당의 모습을 숨은 그림 찾기를 하듯 조각조각 맞추어낼 수밖에 없었다.

우리가 막연히 알고 있던 사임당의 모습과 그가 살았던 당시의 실제 모습은 어떤 것이 같고 어떤 것이 다를까. 대체 누가 어떤 목적으로 사임당의 모습을 신격화하여 실제와 다른 사임당의 모습을 그리게 되었는지, 그런 사정 또한 제대로 이유를 살펴보고 싶었다.

이제까지 세상 사람들이 사실에 근거하지 않은 야사와 민담의 풍문과 수박 겉핥기식으로 알았던 사임당의 실제 모습을 그린, 그 시대 역사 속에 살아있는 모습을 제대로 그려내고 싶었다. 그런저런 사정을 살펴보느라 이 평전을 쓰면서 나 자신도 신사임당과 사임당이 살았던 시대에 대해 많은 공부를 하게 되었다.

작가로서 좋은 경험이었듯 독자들에게도 사임당에 대한 보다 객관적인 자료로 다가가길 바란다.

나는 사임당이다

우리는 사임당을 제대로 알고 있을까

사임당은 1504년 음력 10월 29일 강릉 북평촌에서 태어나고 1551년 5월 17일 47세를 일기로 서울 삼청동에서 세상을 떠났다. 당시 세는 나이로는 48세고, 정확하게는 47세다. 날짜까지 계산한다면 46세 7개월 남짓이다. 사임당뿐 아니라 사임당의 어머니 용인 이씨도 태어난 날과 죽은 날이 정확하게 기록되어 있다. 특히나 사임당의 어머니는 태어난 날과 죽은 날 뿐만 아니라, 중간중간의 행적이 외손자인 율곡이 쓴 글 말고도 『조선왕조실록』과 『동국신속삼강행실도』에도 기록되어 있다.

우리 역사에서 가장 가부장적인 시대였던 조선시대에 여자의 삶에 이런 기록이 남아 있다는 것은 정말 대단하다. 그것도 모녀가 함께 그런 기록이 남아 있다는 것은 더욱 그렇다. 모녀가 함께 학문을 하였다는 것, 그리고 그 집안이 전통적으로 딸들에게 학문을 가르쳤다는 것, 어쩌면 이것이 바로 사임당의 삶이 당시 다른 사대부가 여성들의 삶과 가장 다른 점인지 모른다. 사임당은 어머니에게 학문을 가르친 외조부 아래에서 선비들이 공부하는 경전과 문학서와 역사서를 두루 공부하고 따로 서화의 세계를 익혔다.

우리가 이것을 한 인물의 성장환경이라고 말할 때 그것은 한 훌륭한 인물로 사임당이 태어난 환경이 아니라 사임당이라는 한 훌륭한 인물이 길러진 어느 집안의 환경이다. 대대로 오죽헌에 살았던 사람들이 그랬다.

오죽헌을 처음 지은 사임당의 외고조부 최치운에서부터 그의 아들 최응현과 그의 사위 이사온과 또 그의 사위이자 사임당의 아버지인 신명화에 이르기까지 4대에 걸친 오죽헌의 주인들은 모두 당시의 다른 사대부들과는 달리 딸들에게도 학문을 가르쳤다. 오죽헌은 처음에만 부자간의 상속이 이루어지고 그다음 3대는 부녀, 혹은 모녀

간의 상속으로 애초 최씨가 주인이었던 집이 사위인 이씨, 사위인 신씨, 사위인 권씨로 대물림하였다. 여자는 학문을 하지 않는 것을 당연하게 여기던 때에 4대에 걸친 오죽헌의 주인들은, 또 그 딸들은 자신의 딸들에게 학문을 가르치고 시를 가르치고 서화를 가르쳤다.

그러나 어떤 문헌에도 사임당의 이름은 기록되어 있지 않다. 조선시대 여성 인물 가운데 본명이 뚜렷하게 전해져 내려오는 인물 역시 후대까지 통틀어도 허초희(난설헌), 민자영(명성황후) 등 몇 명 되지 않는다. 역사적 인물이기도 한 정난정과 장옥정은 그것이 본명이라 확신할 수 없다. 기록을 위해 지어낸 이름일 가능성이 더 크다. 허초희 역시 시화집의 지은이 이름을 넣기 위해, 또 역사의 어떤 기록을 위해 허명을 차용하여 쓴 이름인지도 모른다. 이들뿐 아니라 조선시대 대부분 여성의 삶이 그랬다.

본명이거나 어릴 때 부르던 아명이 없어서가 아니다. 처음에는 분명 집에서 자녀 사이에 구분하여 부르던 이름이 있었을 것이다. 『예기』에 여자도 나이 15세가 되면 처음 지은 속명이나 아명 대신 자를 지어주는데, 여자의 자는 자매의 순서에 따라 백(伯)·중(仲)·숙(叔)·계(季)의 순으로 지어 붙인다고 했다. 사임당의 아버지 신명화도 다섯 딸을 구분하여 이름을 불렀을 것이다.

어쨌든 어려서 부르던 본명이 있어도 여자의 경우는 문헌으로 그것이 기록되지 않은 것이다. 사임당이 세상을 떠난 다음 아들 율곡이 쓴 어머니의 행장에는 어머니의 이름을 그대로 적는 것을 피하여(기휘라고 하여 임금과 부모와 조상의 이름을 문자로 쓰거나 입으로 부르는 것을 불경하게 여겨) '자당의 휘는 모(某)로 신공의 둘째 딸'이라고만 적었다.

만약 어머니의 이름을 행장에 그대로 쓴다면 그것은 율곡이 유학자로서 오히려 어머니에게 불효, 불경을 저지르는 일이 되어 사임당에 대한 여러 기록에 정작 그 행적의 주인공인 사임당의 이름이 전해지지 않은 것은 당시의 풍습과 예법으로 볼 때 너무도 당연한 일이다.

그럼에도 현대의 많은 자료에 사임당의 본명이 신인선(申仁善)으로 적혀 있는 것이야말로 한 편의 역사 코미디

와 같은 일이다. 이런 일이 생긴 것은 1990년대에 출간된 어떤 동화책에 사임당의 어린 시절 이름을 '인선'이라고 쓴 다음부터로, 연이어 나온 문학 작품 속에 작가들이 혼돈을 피하기 위하여, 혹은 그것이 정말 사임당의 본명인 줄 알고 그 이름을 그대로 사용하였고, 그러자 그것이 실제 이름인 것처럼 여기저기 자료에 인용되었다.

학술적으로는 잘못된 인용이 인용에 인용을 거듭하다 보니 이후 어떤 백과사전에까지 사임당의 이름이 신인선 (申仁善)으로 등재되어 있는데 일반인은 물론 텔레비전과 인터넷에서 한국사를 강의하는 베스트셀러 저자까지도 거기에 나와 있는 문헌적 오류를 정답처럼 그냥 그대로 베껴 책을 내거나 방송에 나와 말하고 강의한다.

사임당의 이름을 '신인선'으로 쓰는 일은 주인공의 이름을 넣어야 이야기를 이끌어갈 수 있는 문학에서만 허용되고 또 무방하다. 학문에서 그것은 명백한 오류이기 때문이다.

이것은 그냥 하나의 예에 불과하다. 여기저기 잘못된

자료를 그대로 인용하다 보니 자료라고 베껴 쓰고 인용한 부분들까지 오류 투성이가 되고 말았다. 또 한쪽으로는 남녀가 서로 물건도 빌리지 않고 한 우물의 물도 먹지 않던 시절을 배경으로도 너무도 당연하게 사임당의 자유연애 이야기를 하고 사랑 이야기를 그려야 그게 문학의 요건인 양 포장되어 왔다. 문헌으로 기록된 이야기가 많지 않다 보니 후대에 만들어진 이야기도 실제 이야기처럼 전해지고 있다. 그러다 보니 대한민국 국민 가운데 사임당의 이름과 존재에 대해 기본적으로 모르는 사람은 하나도 없는데, 그가 살아온 시대적 배경과 삶을 제대로 알고 있는 사람도 거의 없는 실정이 되고 말았다.

오죽헌에 살았던 사람들

    사임당의 삶을 이야기하자면 사임당이 태어난 집 이
야기부터 하지 않을 수 없다.

    1504년 음력 10월 29일.

    사임당은 진사 신명화와 그의 부인 용인 이씨 사이에
서 둘째 딸로 태어났다.

    태어난 곳은 강릉 경포호수의 서편 쪽 마을인 북평촌
의 검은 대숲집. 지금은 그 집을 모두 오죽헌이라고 불러
도 아직 그 집이 오죽헌이라는 이름을 갖기 전의 일이다.
이곳 오죽헌에서 사임당이 태어나고, 32년 후 사임당의 4
남 3녀 중 셋째 아들인 율곡이 태어난다. 사임당과 율곡
모자가 태어난 이 유서 깊은 집은 현재 보물 165호로 지

정되어 있다.

건립 연대는 명확하지 않지만 단종 때 병조참판과 대사헌을, 또 연산군 때 한 차례 더 대사헌을 지낸 최응현(崔應賢, 1428~1507)의 고택이었다. 애초 최씨가 주인이었던 이 집이 최씨의 사위인 이씨에게, 또 이씨의 사위인 신씨(사임당의 아버지)에게, 또 신씨의 사위인 권씨에게 물려졌다. 이것은 조선 전기의 혼인제도가 남자가 혼인을 하면 처가에 들어가 살거나 그 근처에 살다가 처가의 재산을 물려받던 풍습의 영향 때문이기도 했다.

오죽헌에서 태어나 오죽헌에서 결혼해 오죽헌에서 여러 자식을 낳고 산 사임당의 삶을 살펴보자면 바로 이 집 오죽헌의 내력을 먼저 살펴보아야 한다. 오죽헌을 설명하는 기록엔 이 집을 최응현의 고택이라고 부르는데, 사실 이 집을 처음 지은 사람은 최응현의 아버지 최치운이었다. 최치운은 자신이 벼슬살이를 끝낸 다음 고향에 내려와 살려고 이 집을 지었지만, 서울에서 벼슬살이를 하는 동안 목숨을 다해 자신은 살아보지 못하고 아들 최응현에게 이 집을 물려주었다.

최치운은 아직 조선이라는 나라가 세워지기 전 고려의 마지막 왕인 공양왕 때에 태어났다. 조선 건국 후 과거에 급제해 세종 때 집현전 학사를 거쳐 이조참판과, 세자(문종)의 학문을 가르치는 우빈객을 지냈다.

최치운은 외교관으로도 대단한 활약을 보였다. 세종 임금이 북쪽의 국경을 바르게 하고 여진족의 침입을 방비하기 위해 사군과 육진을 개척하던 시기였다. 여진족은 수시로 국경을 침범하고 어지럽혔다. 무조건 막기만 한다고 해서 다 해결할 수는 없기에 이들을 회유하기 위해 명으로 여러 차례 사신을 보내 동북 지역의 여진족들이 함경도 경성 지역에서 양민으로 영주할 수 있도록 허락해줄 것을 요청했다. 천자의 강토에 오랑캐라니. 처음엔 협상조차 할 수 없던 일을 최치운은 네 번 다섯 번 명으로 가 기어이 담판을 짓듯 이 조항을 관철시키고 돌아왔다. 오랑캐로 오랑캐를 막자는 것이었다. 외교란 군사를 일으키지 않고도 상대를 다스리고 평정하고 승리하는 길을 찾는 법이었다.

그런 최치운이 이곳 강릉 북평촌에 집을 지은 것은 언

젠가 벼슬에서 물러나 고향에 돌아올 준비를 하면서였다. 그는 이곳에서 조금 떨어진 곳에 있는 즈므(조뫼·조산) 사람이었다. 그는 고향의 호수를 너무도 사랑해 자신의 호까지 호수 이름 그대로 '경호'라고 지었다. 그러나 그는 벼슬에서 물러난 다음 소망처럼 고향에 자신이 지은 집에 와 살지 못했다. 그는 평소 술을 좋아해 임금까지 친서를 내려 그의 술을 경계했던 최치운은 오십이 되던 해 이조참판으로 재직하던 중 어느 날 갑자기 세상을 떠났다. 즈므 본가를 큰아들에게 물려주고, 북평촌에 새로 지은 이 집을 둘째 아들 최응현에게 물려주었다.

그때 오죽헌 집을 물려받은 최응현의 나이는 겨우 열세 살이었다. 스무 살에 혼례를 올린 다음 즈므 본가에서 살림을 나 이 집으로 옮겨와 살았다. 지금 오죽헌 뜰에 있는 '율곡매'라고 불리는 매화나무는 최치운이 심었거나 최응현이 심은 것이었다. 그도 아버지처럼 일찍 벼슬길로 나서 성종과 연산군 시절 대사헌과 공조·병조·형조참판을 지낸 다음 늙어서 이 집으로 돌아왔다. 그는 슬하에 아들 다섯과 딸 여섯을 두었다. 서울로 가 벼슬을 하던 중 둘째 딸(사위 이사온)에게 이 집을 물려주고 자신도 만년을 이곳에 와서 보냈다.

그렇게 하여 최씨가 주인이던 이 집의 주인이 이씨로 바뀌었다. 이 집의 세 번째 주인이 된 이사온은 서울에서 66명을 뽑는 생원시에 3등(1위에서 5위까지를 1등, 6위에서 30위까지를 2등, 31위에서 마지막 합격 순번까지를 3등으로 함)으로 함으로 급제한 것을 끝으로 더는 과거도 보지 않고, 벼슬길에도 나아가지 않았으며 강릉 북평촌으로 와 장인으로부터 물려받은 이 집에서 살았다. 후일 여러 기록에서 '용인 이씨'로 불리는 사임당의 어머니가 바로 생원 이사온의 외동딸이었다. 대갓집의 외동딸로 자라며 다른 양가의 규수들과 달리 어려서부터 아버지에게 글을 배우고 공부를 했다. 이 집에서 자라 성년이 되어 서울에서 온 선비와 혼인했다. 그 선비가 바로 이 집의 네 번째 주인이 된, 사임당의 아버지 신명화였다.

신명화의 자는 계흠, 호는 송정이다. 고려 건국공신인 장절공 신숭겸의 18세손이요, 예종 임금 때 대사성을 지낸 신자승의 손자이자 영월군수 신숙권의 아들이다. 신명화가 스물네 살, 이사온의 딸 용인 이씨가 스무 살이던 해의 가을 강릉 북평촌에 있는 이 집에서 혼례를 올렸다.

신명화와 이사온의 외동딸인 이씨가 혼인할 당시의 일반적인 풍속은 남자가 여자 집에 가서 혼례를 올리고 그대로 처가에 머물러 살다가 자녀가 어느 정도 성장하면 본가로 돌아오는 것이었다. 남자가 장가를 간다거나 장가를 든다는 말도 이런 풍속에서 나왔다. 신명화는 혼례를 올린 다음 얼마 지나지 않아 이 집의 외동딸인 새댁을 데리고 서울 본가로 올라갔다.

두 사람 사이에서 첫딸이 태어나고 어느 날 강릉 북평촌에서 이씨의 친정 어머니가 병이 나서 몸져누워 있다는 기별이 왔다. 신명화는 집안 어른들과 형제한테 처가의 사정을 말하고, 그 길로 짐을 꾸려 부인과 함께 강릉으로 갔다. 신명화의 생각으로 그건 효도 이전에 부인 입장으로 보면 자신을 낳아주신 부모에게 살아계시는 동안 정성을 다하는 일이었다.

사임당의 아버지, 신명화의 성격을 보여주는 이런 일화가 있다. 나중에 율곡이 외할아버지에 대해서 쓴 글이다.

어느 날 이사온이 지필묵까지 준비한 후 사위 신명화를 불렀다.

"자네, 내 대신 편지를 좀 써주게."

"어디로 보낼 편지인지요?"

"사실은 내가 내일 위촌에 사는 김생원과 만나기로 했다네. 그런데 다른 일이 있는 걸 모르고 약속을 했다네. 그러니 내가 몸살 기운이 있어서 아무래도 내일 나들이하기가 어렵겠다고 대신 좀 써주게."

그러자 사위 신명화가 정색하고 말했다.

"빙장어른, 저는 그런 편지를 못 씁니다. 편지 받으시는 분이 어떤 분인지 모르지만, 사실이 아닌 말을 다른 사람에게 알릴 수 없습니다."

"나 이런 사람하고는……. 그게 무어 그리 힘든 일이라고."

"그렇지 않습니다. 늘 옳은 말을 하며 사는 것이 쉽지 않지만, 하물며 없는 말을 보태어 전할 수 없습니다."

신명화는 장인이 부탁하는 편지를 쓰지 않고 사랑에

서 물러 나왔다.

이사온도 그런 신명화의 태도에 껄껄 웃고 말았다. 그러면서 한편으로 이 집에 새로 들어온 사위가 어떻게 보면 장인과 사위 사이에 지극히 사사로운 일에까지 저토록 곧은 성품을 보이는 것이 걱정되었다. 가뜩이나 어지러운 세상에 학문으로든 이후 과거에 올라 출사를 해서든 행여 어지러운 일에 빌미가 잡혀 화를 입게 되지는 않을까 우려되는 부분도 없지 않았던 것이다.

그 무렵 나라에는 무슨 일이 있었나

　이사온이 그런 걱정을 하지 않을 수 없는 것이 그 무렵 세상일들이 글을 하는 선비들에게는 참으로 무섭고 흉흉하게 돌아가고 있기 때문이었다. 신명화와 자신의 외동딸이 혼인하기 바로 전 해에 서울에서 큰 사건이 일어났다. 무오년에 선비들이 큰 화를 입은 사건이라 하여 다들 무오사화라고 불렀다.

　사화의 직접적 도화선은 김종직의 '조의제문'을 그의 제자 김일손이 『성종실록』의 사초에 실은 일 때문이었다. 김종직과의 사이가 좋지 않던 유자광은 김종직의 '조의제문'이 항우가 초나라 의제를 죽인 것에 빗대어 세조가 단종으로부터 왕위를 빼앗은 것을 비난하는 것이라며 글

귀마다 해석과 주석을 달아 연산군에게 일러바쳤다. 세조는 연산군에게는 증조할아버지였기에 그 핏줄을 이어받은 자신의 왕위 정통성까지 걸려 있는 문제였다.

그것은 하나의 구실에 지나지 않았다. 연산군은 훈구파의 말을 들어 김종직을 대역의 우두머리로 몰아 그의 문집을 수거해 불태우고, 무덤을 파헤쳐 관을 쪼개어 죽은 사람의 목을 베었다. 훈구파는 다시 왕을 부추겨 김종직의 '조의제문'과 함께 자신들의 비행을 사초에 넣으려던 김일손·이반·권오복 등 숱한 선비들을 죽음으로 몰아넣고, 김종직의 제자인 정여창, 김굉필 등에게 곤장을 치게 한 다음 뿔뿔이 귀양을 보내게 했다.

바로 그런 때에 칠십 노구의 최응현은 세 번째 대사헌에 이어 다시 형조참판 직을 맡고 있었다. 이때에도 처음에 제수된 자리는 강원도 관찰사 직이었다. 그는 자신이 이제는 늙어 관찰사로서 강원도의 넓은 지역을 다 둘러보며 살피기가 어렵다는 점을 들어 벼슬을 사양했다. 그러자 다시 주어진 자리가 형조참판이었다. 그는 다시 자신은 나이와 늙은 몸을 내세워 그 직책을 수행하기 어렵다고 사양했지만 받아들여지지 않았다.

다시 해가 바뀌어 연산군이 즉위한 지 9년째가 되던 해 최응현은 다시 왕 앞에 나아가 머리를 조아리고 자신은 이제 너무 늙고 병들었으므로 모든 관직에서 물러나게 하여 고향으로 돌아갈 수 있게 해달라고 거듭 해면을 청했다.

그러자 왕이 다시 한번 몰아치듯 물었다.

"경은 늙기도 하였소만, 그렇게도 내 곁에서 벗어나고 싶은 거요?"

최응현은 자신의 호까지 고향의 호수 이름을 따 경호라고 짓고도 끝내 고향 호숫가로 돌아가지 못하고 서울에서 벼슬살이를 하던 중 세상을 떠난 아버지 최치운에 대해서 말했다.

"그때 신의 아비의 나이가 쉰이었는데도 고향에 돌아가 머물 집까지 지어 준비했지만, 그 소망대로 고향에 돌아가지 못하고 이조참판으로 재직하던 중에 세상을 떠났습니다. 그리고 지금 소신이 늙을 대로 늙어 일흔다섯에 병까지 들어 있습니다. 전하께서는 부디 이런 사정을 통촉하여 주시옵소서."

"아버지와 아들이 대를 물려 고향으로 돌아가는 꿈을 이룬다. 듣고 보니 고금에 없는 아름다운 이야기로소이다. 이 또한 내가 내 어머니를 그리는 마음처럼 경이 경의 아버지를 그리는 마음과 같은 것이 아니겠소."

그 말을 듣는 순간 최응현도 등줄기에 오싹한 바람이 훑고 지나갔다. 왕이 어머니를 그리는 마음이라는 것이 어떤 것인지, 그 어머니에게 어떤 일이 있었던 것인지 제대로 알게 된다면 또 어떤 피바람이 불어올지 걱정하지 않을 수 없었다.

최응현은 비로소 모든 관직으로부터 자유로운 몸이 되어 둘째 딸과 사위가 지키고 있는 강릉 북평촌 자신의 옛집으로 돌아왔다. 서울에서 강릉의 옛집으로 가져온 것 중에 무엇보다 귀한 것이 그가 평생 아껴 모은 서책들이었다. 그의 서고엔 아버지 최치운이 외교관으로 명에 드나들던 시기부터 모은 희귀한 책들과 서화집이 가득했다.

병이 난 친정어머니를 돌보기 위해 오죽헌으로 온 용

인 이씨의 친정살이가 계속되었다. 그리고 갑자년(1504년) 겨울, 신명화와 이씨 사이에 둘째 딸이 이 집에서 태어났다. 이 아기가 바로 훗날 세상의 어머니로 이름을 얻게 되는 사임당이었다.

강릉 북평촌의 평화로운 사정과는 달리 이해 서울에서는 봄부터 또 한 번 피비린내 나는 사화의 큰 회오리가 있었다. 지난번 무오년 사화 때 화를 입은 신진 사류들만이 아니라 이번엔 오랜 세월 조정의 권력을 좌지우지해왔던 훈구파들까지 한꺼번에 변을 당했다. 사화의 직접적인 이유는 젊은 왕의 생모인 폐비 윤씨의 복위에 얽힌 문제 때문이었다.

연산군의 생모인 폐비 윤씨는 부왕인 성종이 후궁들을 가까이 하자 임금의 수라를 엎고 얼굴을 할퀴어 상처를 낼 정도로 투기가 심했다. 성종은 윤씨가 왕비로서 체모에 벗어나는 행동을 한다는 것을 이유로 폐위시키고 사가로 내쳤다. 여기에는 성종의 어머니인 인수대비의 막강한 영향력도 큰 몫을 차지했다. 성종은 윤씨가 사가로 내쳐진 다음에도 반성하는 태도가 없다고 끝내 사사했다.

불씨를 당긴 이는 그 자신이 효령대군의 아들 보성군의 사위이며, 공주와 옹주를 차례로 며느리로 맞이해 왕실과 가장 밀착된 관계를 유지하고 있던 임사홍이었다. 임사홍을 통해 생모의 죽음을 알게 된 연산군은 그 즉시 그때의 관련자들을 모조리 색출해 문책하라고 명령 내렸다. 사약을 받고 죽은 어머니에 대한 복수심으로 이미 이성을 잃은 연산군은 그때 부왕의 총애를 받았던 후궁 엄 숙의와 정 숙의를 자루로 뒤집어씌운 후 그 자식들로 하여금 몽둥이로 때려죽이게 하고, 그들을 귀양 보냈다가 바로 죽여 버렸다.

왕은 한바탕 피비린내를 뿌린 다음 오직 어머니를 높이는 일에만 열중하여 폐위된 자신의 생모를 복위시켜 제헌왕후로 시호를 올려 추존했다. 누구도 이런 왕의 앞을 막고 나설 수가 없었다. 왕은 자신의 어머니가 폐위될 당시 이를 주장하거나 방관한 사람들에게 모두 죄를 물었다. 조금이라도 관련되면 사사되고, 이미 죽은 사람들은 무덤을 파헤쳐 시신을 꺼내 목을 잘랐다.

왕은 이어 왕후로 복위시킨 자신의 어머니를 더욱 높

여 덕을 기리는 휘호를 올리고 부왕 성종의 묘정에 배사하는 일을 조정 백관들에게 의논하게 했다. 이 또한 거역할 수 없는 왕명으로 그걸 반대했을 때 어떤 일들을 겪게 될지 다들 눈으로 본지라 모든 신하가 벌벌 떨며 감히 이의를 제기하지 못했다. 그러나 그때 바로 반대하고 나서는 사람이 있었다.

"전하, 그것은 아니 되옵니다!"

홍문관 응교 이행이었다. 당시 스물일곱 살이던 이행은 열여덟 살에 증광시에 급제하여 누구보다 벼슬길이 빨랐다. 두 살 위의 형 이기는 스물여섯 살에 관직에 나아갔다. 형도 남보다 빠른 스물여섯 살에 과거에 올랐는데, 이행은 그런 형보다도 8년이나 빠른 열여덟 살에 급제하여 벼슬길에 나선 것이었다.

"전하께서는 모후를 추숭하는 의식에 이미 지극한 예를 다하셨습니다. 이것은 홍문관의 젊은 관리들이 공론한 일로 이제까지 전하께서 모후께 행하신 예가 이미 극진하오니 휘호를 올리는 일은 이제 더하지 않는 것이 옳은 줄 아뢰옵니다. 또 선왕의 묘정에 배사하는 일은 선왕의 유지를 그르치는 일이라 이 역시 불가한 줄 아뢰옵니다."

　오직 죽은 어머니의 원한을 풀고 어머니의 지위를 높이는 일에만 눈이 먼 연산군은 이 말에 부르르 몸을 떨었다.

　"당장 이행을 잡아 국문하고, 홍문관뿐 아니라 조정 안팎에 이런 뜻을 앞서 주창한 자를 찾아내라."

　왕명이 떨어지자 다시 백관들이 저마다 이를 면하려고 자신은 그 일과 상관이 없음을 변명하기에 바빴다. 이때 이행 다음으로 홍문관 교리 권달수가 의금부로 잡혀 들어왔다. 권달수는 의금부에 잡혀 와서도 조금도 두려움 없는 얼굴로 말했다.

　"그 일에 대해 공론을 처음 주장한 것도 나이고, 휘호를 올리는 것이 부당하다고 가장 먼저 말한 것도 나이고, 전하의 모후를 선왕의 묘정에 배사하는 것 역시 선왕의 유지를 그르치는 일이기에 부당하다고 가장 앞서 주창한 사람도 바로 나 권달수다. 먼저 잡혀와 있는 이행은 다만 우리의 공론을 모아 말했을 뿐이다."

권달수는 얼굴빛 하나 바꾸지 않고 그 길로 죽임을 당하고, 이행은 곤장을 60대를 맞고 박은을 비롯한 홍문관의 다른 젊은 관리들과 함께 귀양을 가게 되었다. 보통 사람이었으면 그대로 목숨을 잃고 말았을 것이다.

연산군은 이행을 귀양 보냈다가 그래도 분이 풀리지 않자 이번엔 다시 죽을 때까지 곤장을 치라고 명령했다. 그러나 살 사람은 어떻게든 사는가 보다. 의금부의 관리들이 왕명을 받들러 그가 귀양 가 있는 거제도로 가던 중 중종반정이 일어나 천운처럼 죽음을 면했다.

용재 이행. 이 사람이 바로 후일 사임당의 남편이 되는 이원수의 당숙이었다. 젊은 나이에 벼슬길에 나선 또 한 사람의 당숙은 이행의 바로 위의 형인 이기였다. 이 두 사람의 이름을 우리는 기억해둘 필요가 있다. 한 어머니의 뱃속에서 태어난 형제여도 서로 다른 길을 걸어간 사람들이었다. 한 사람은 사임당이 아들들에게 작은댁 할아버지의 행실을 귀감으로 삼으라고 했고, 또 한 사람은 후일 사임당이 남편에게 그 어른은 마음속에 늘 나쁜 일을 꾸미니 절대 가까이하지 말라고 당부했다.

한 부모에게서 나도 한 사람은 죽어 임금의 묘정에 배
향되었고, 한 사람은 살아서는 일인지하 만인지상의 영의
정 자리에까지 오르는 영화를 누렸으나 죽어서는 훗날 을
사사화의 원흉으로 지목되어 모든 관직이 삭탈되고, 지난
날의 영화에 대한 철퇴처럼 묘비가 쓰러뜨려지고 깨어지
는 치욕을 겪었다. 인생은 짧아도 저마다 살아서 지은 업
은 천년만년 역사에 남는 법이었다.

오죽헌의 어른들

바로 이런 때에 신명화의 아버지인 신숙권이 세상을 떠났다.

이미 폭군이 되어 광기를 보이고 있던 연산군은 새로 상례를 정해 부모상이든 조부상이든 상기를 단축하는 단상법을 막무가내로 명했다. 궁궐 바깥에는 왕이 머리로 할머니의 가슴을 들이받아 쓰러져 자리에 누웠다가 그 길로 세상을 떠났다고 소문난 대왕대비(인수대비)의 상제도 하루를 한 달로 계산하여 삼년상을 한 달도 채 안 되는 기간으로 단축하여 치렀다.

흔히 삼년상이라고 하면 만 삼 년을 꽉 채운 36개월로 생각하기 쉬운데 실제로는 이 년하고도 삼 년째의 첫 달을 더해 스물다섯 달을 부모 산소 아래 여막을 짓고 시묘를 사는 것이었다. 그걸 연산군은 하루를 한 달로 계산하는 억지 역월법으로 스무이레 만에 대왕대비의 상례를 끝낸 것이었다.

궁중에서 이미 왕이 그렇게 상기를 단축하여 상례를 치른 다음이어서 단상법이 더욱 엄하고 혹독하게 시행되었다. 벼슬길에 나선 사람들 중에서 왕이 명령하는 이 상례를 지키지 않는 자가 없었다. 바로 그런 때에 신명화와 그의 형제들은 자식 된 도리로 돌아가신 부모에 대한 예를 줄일 수 없다며 왕이 명령한 단상법에 맞서 아버지의 산소 아래에 여막을 짓고 그곳에서 삼 년간(실제로는 2년 1개월간) 상복을 입고 지냈는데 잠을 잘 때에도 허리에 두른 요질과 머리에 두른 수질을 한 번도 거르지 않고 시묘살이를 했다.

신명화는 아버지 산소의 아래에 있는 여막에서 삼년상을 마치고, 아내와 아이들이 있는 강릉 북평촌으로 처가 어른들에게 험한 시절에 무사히 부모 상례를 마쳤음을 인사드리러 왔다. 큰사랑에 들어가 어른을 뵙고 절을 하는 신명화에게 처외조부인 최응현이 상례를 올곧게 잘 마쳤다고 격려했다.

신명화가 아버지의 산소 아래 시묘를 사는 사이 큰딸은 일곱 살이 되고, 둘째 딸(사임당)은 네 살이 되어 있었다. 신명화는 이제 글 공부를 시작한 둘째 딸을 위하여 새로 천자문을 써주었다. 원래 천자문은 글 공부를 앞둔 아이에게 집안 어른이 써주는 법이었다. 신명화는 천자문의 제일 뒤편 여백에 개권대월(開卷對越) 혁약유림(赫若有臨) 연수부족(年數不足) 출연심경(怵然心驚)이라고 썼다.

"그건 무슨 뜻이옵니까?"

이제 막 글을 깨쳐가는 큰딸이 물었다.

"공부를 할 때 책을 펼쳐 성인의 말씀을 대하면 그분이 나를 바로 앞에서 지켜보심과 같다. 너희가 아직은 어리지만 그래도 일생에 공부를 하는 시간은 늘 부족해 마음이 먼저 두려워 놀란다는 뜻이란다. 그러니 어려도 쉬지 말고 열심히 공부를 하라는 뜻이다."

이것은 후일 공부에 대한 사임당의 좌우명이 되어 자

녀들에게도 이 말을 강조하고 휘호로 남기기도 했다.

그날 밤, 두 아이가 잠든 옆에서 신명화는 부인에게 나직하게 말했다.

"이제 아버님 상기를 마쳤으니 나는 다시 예전처럼 공부에 정진해야 할 듯싶소. 그간 당신이 정성을 다했기에 장모님도 병환에서 어느 정도 회복하신 듯하니 이제 나를 따라 서울로 갑시다."

그러자 이씨 부인이 나직한 목소리로 말했다.

"서방님 말씀이 아니더라도 당연히 그렇게 하는 게 옳겠지요. 그렇지만 늙은 어머니가 이 큰 집안의 살림을 모두 맡고 계시는데 돌봐드릴 사람이 아무도 없습니다. 무남독녀인 저마저 이 집을 떠나고 나면 부모님께서 누구에게 의지할 수 있을지 걱정입니다,"

그 말을 듣고 신명화는 지그시 눈을 감았다가 마지막 결정을 내리듯 말했다.

"그럼 당신은 당분간 더 이곳에서 아이들과 함께 부모님과 외조부님을 모시고 사시오. 나는 서울로 올라가 혼자서라도 중단한 학업을 계속하겠소."

이해 겨울 이 집안의 큰어른인 최응현이 세상을 떠나고, 어린 사임당과 언니는 외할아버지 이사온의 가르침 아래 천자문을 뗀 다음『명심보감』을 펼쳐놓고 공부했다. 외할아버지 앞에서만 공부하는 것이 아니라 어머니 용인 이씨 앞에 앉아서도『삼감행실도』를 펼쳐놓고 거기에 나오는 내용을 공부했다. 어머니 용인 이씨는 어릴 때부터 이 책의 전체 구절을 혼자서 외운 사람이었다.

그 시절 서당에서는 어떤 공부를 했나

　이 시기에 동네 남자 학동들은 서당에 다녔다. 공부도 다 제 할 탓이었다. 집에 독선생처럼 훈장을 들이고도 『명심보감』을 못 나가는 사람이 있는가 하면 이따금 훈장이 방문할 때만 문을 여는 번차서당에 군불을 때주며 공부했는데도 나중에 알성시에서 장원하는 사람도 있었다. 서당에 내는 학채는 쌀과 콩과 보리와 같은 곡식이고, 그밖에 철마다 필요한 것들을 학동들의 부모가 챙겨주었다.

　이런 훈장들도 삼 년마다 돌아오는 식년시가 있을 때면 자기 아래에서 공부하는 학동들과 함께 강원도 감영이 있는 원주로 생원·진사 시험을 보러 갔다. 그래서 어떤 해엔 훈장은 떨어지고, 훈장 아래에서 공부를 하던 사람이 생원 진사 시험에 오르기도 했다. 그러면 훈장으로서 망신할 것 같아도 제자는 언제나 스승을 넘는 법이 없어 생원·진사 시험 입격자가 나온 서당의 훈장은 오히려 밖에서 더 이름이 나 이웃마을의 학동이 찾아오기도 했다.

그러나 신명화의 딸들은 집 앞을 지나 서당으로 가는 동네 사내아이들만 보았지, 여자이기 때문에 서당은 가보고 싶어도 가볼 수 없었다. 서당은 여럿이서 함께 공부를 하는 곳이고, 많으면 한 방이 열댓 명이 앉아 공부하기도 했다. 학동이 많아도 저마다의 앉는 자리가 다 정해져 있었다. 학습 속도가 제일 빠른 사람이 훈장의 바로 앞에 앉고, 지금 막 배우러 온 사람이 문가에 앉았다.

그 밑의 사람들 공부는 학습 속도가 제일 빠른 사람이 가르쳐주었다. 같이 공부해도 그 사람을 '접장'이라고 불렀고, 같이 공부하는 사람을 '동접'이라고 했다. 훈장만 종아리를 치는 게 아니라 접장도 같이 공부하는 사람 종아리를 때렸다. 기강이 엄한 서당에서는 열다섯 살 먹은 접장이 서른 살 먹은 동접 종아리도 치기도 했다. 그래서 훈장보다 접장이 더 호되다는 말이 생겨났다.

이 시대 서당의 기본 교육서는 천자문, 『명심보감』, 『소학』, 『통감절요』, 『당음』, 『사략』의 순으로 진행하고 사서오경을 공부했다. 서원이 생긴 다음엔 사서오경 가운데 사서(『대학』, 논어』, 『맹자』, 『중용』)는 서당에서 익히고 오경(『시경』, 『서경』, 『주역』, 『예기』, 『춘추』)은 서원에서 익혔다.

생원시의 초시와 복시가 시험관 앞에서 경전을 외우고 그걸 해석해 보이는 것이기 때문에 서당 공부 역시 강독을 가장 중요하게 여겼다. 먼저 글의 음과 훈을 배우고, 입으로 따라 읽은 다음 혼자 숙독하고, 훈장이 책의 어느 부분을 가리키면 그 부분을 책을 보지 않고도 막힘없이 암송하고 설명해야 다음 진도로 넘어갔다.

글을 읽을 때 몇 번을 읽었는지 서산(書算)을 사용하기도 하는데, 이 산가지는 책을 읽을 때만 쓰는 게 아니라 정철의 '장진주사'에 나오는 것처럼 선비들이 어울려 술을 마시며 술잔을 셀 때에도 썼다.

공부를 더 깊이 있게 하면 배운 것들을 연달아 암송하고, 마지막엔 한 권의 책을 다 외워야 비로소 책을 떼는 책거리를 했다. 『명심보감』과 『소학』 등 초기에 배우는 것들은 그냥 외우고 내용만 해석하면 되지만, 경서의 경우는 본문은 물론 거기에 붙은 작은 주석까지도 다 암송한다. 잘 외는 사람은 '치외기'라고 해서 사서오경을 거꾸로도 막힘없이 외운다. 이 어려운 것을 훗날 사임당의 아들 율곡은 열한 살에 모든 경전의 치외기를 끝냈다.

서당에서 강독만큼이나 또 하나 중요하게 공부하는 것이 시문과 부(賦)를 짓는 제술 공부였다. 요즘 학교 공부의 중심이 시험 공부이듯 옛날 서당 공부 역시 생원 진사 시험 공부가 중심이었다. 생원 시험이 경서를 외고 해석하는 것이었던 반면 진사 시험은 제술 시험으로 시 1편과 부 1편을 지은 것을 보고 당락을 결정했다.

어린 사임당의 글 공부와 그림 공부

사임당의 아들 율곡 이이는 사임당이 세상을 떠난 다음 어머니를 기려서 쓴 〈선비행장〉에서 "어머니는 어렸을 때 경전을 통했고 글도 잘 지었으며 글씨도 잘 썼다. 평소 묵적이 뛰어났는데 7세 때 안견의 그림을 모방하여 산수도를 그린 것이 아주 절묘했다. 포도를 그렸는데 세상에 시늉을 낼 수 있는 사람이 없다. 그림을 모사한 병풍이나 족자가 세상에 많이 전해지고 있다"라고 했다.

아들로서 어머니가 뛰어난 화가였다는 사실을 강조했다. 그렇다면 사임당은 그림 공부를 어떻게 하였을까? 특히나 강릉 북평촌이 있는 사임당이 안견의 산수도 화첩을 어떻게 접할 수 있었고, 그것을 모방하여 그릴 수 있었을까?

그것은 사임당의 외증조부인 최응현이 서울에서 강릉으로 낙향할 때 가져온 화첩을 통해서였다. 서울 도화서의 화공들도 다들 그림 공부를 그렇게 선대 화공의 화첩을 모사하는 것으로 시작했다. 일곱 살 된 사임당이 따라 그린 모사 화첩 역시 이 집의 원주인인 최응현과 그의 아버지 최치운이 서울에서 벼슬살이를 할 때 구해 소장한 것이었다. 최치운이 벼슬살이를 하던 시절 안평대군이 진귀한 서화를 많이 소장하고 있다는 소문이 나면서 서울에서 벼슬을 하는 사대부들 사이에 개인 화첩을 갖는 게 시대의 유행처럼 번졌다.

사임당이 어린 시절 아버지 신명화는 대부분의 시간을 서울에서 보내며 과거 공부를 했다. 강릉 북평촌 오죽헌에는 외할아버지 이사온이 있었다. 이사온은 어린 외손녀가 고사리 같은 손으로 따라 그리는 그림을 보고 그림에 대한 기초적인 지식을 기르쳐주었다.

"이 그림을 그린 사람의 이름은 안견이란다. 땅이 넓은 중국하고 우리는 산수의 풍경이 다른데, 도화서의 모든 화공이 중국 그림을 따라 그릴 때 이 사람 안견은 산도 그렇고 강도 그렇고 나무도 그렇고 우리가 여기서 볼 수 있는 산수풍경을 그렸더란다."

"그래서 산도 바위도 다른 그림들보다 더 진짜인 것 같아요."

"할아비도 보지 못했는데, 이 사람 그림 중에 몽유도원도라는 게 있단다. 세종 임금의 큰아들은 문종 임금이고, 둘째 아들이 세조 임금이고, 셋째 아들이 안평대군인데 안평대군이 잠을 자다가 꿈에 복숭아꽃이 가득 피어 있는 신선들의 세상을 구경하고 왔단다. 안견이 안평대군의 꿈 얘기를 듣고 그린 그림이 바로 몽유도원도다. 그 그림이 그렇게나 뛰어나다는데 지금은 그걸 누가 가지고 있는지 모르겠구나."

"왜요? 그냥 처음 가지고 있는 사람이 가지고 있지 않나요?"

"너는 어려서 모르는 일이다만, 예전에 세조 임금과 안평대군이 나라의 앞날을 두고 다투던 시절이 있었단다. 안평대군이 목숨을 잃은 다음엔 그 그림이 세상 밖으로

나오질 않아 너희 외증조할아버지도 몽유도원도에 대해
서는 얘기만 들었지 그림은 보지 못했다는구나. 그림만
바라봐도 저절로 신선들의 세계에 든 것 같다는데 말이
지."

"외할아버지, 저도 세상 사람들이 다 보고 싶어 하는 그
런 그림을 그리고 싶어요."

이사온은 어려도 아이답지 않게 말하는 외손녀를 바라
보며 이 아이라면 여자아이여도 그 꿈을 이룰 수 있을지
모르겠다고 생각했다.

안견에게 안평대군이 후원자였다면 어린 사임당에게
는 외할아버지 이사온이 글 공부뿐 아니라 그림 공부에서
도 가장 큰 후견자였다.

아울러 외할아버지가 기거하는 사랑에 나가서도 글 공
부를 하지만, 『삼강행실도』와 『내훈』은 안방에서 어머니
용인 이씨가 틈틈이 읊어주고 가르쳤다. 사임당의 어머
니인 용인 이씨는 그 책을 어린 시절부터 보아 330명의
효자와 충신과 열녀에 대한 내용을 책을 보지 않고도 그
대로 따라 입으로 외울 정도였다. 훗날 율곡도 외할머니

가 평소에도『삼강행실도』의 내용을 늘 구송했다고 하고, 『조선왕조실록』에도 "강릉부 진사 신명화의 부인 이씨는 천성이 순수하고 학문을 대강 알아 늘『삼강행실도』를 외우고 어버이와 남편을 섬김에 도리를 다하여 고장에 소문이 났다"라고 기록되어 있다. 그런 어머니 아래 어린 딸들이 함께 공부했다.

용인 이씨도 오랜만에 강릉에 온 남편 신명화에게 둘째 딸의 재주를 칭찬했다.

"서방님도 며칠 지켜보면 아시겠지만, 아이가 노는 모습도 어느 아이들과 달라요."

"어떤 것이 또 그렇소?"

"책으로 공부를 할 때도 그렇지만, 그냥 무슨 물건 하나를 봐도 그걸 아주 골똘히 살펴봐요. 마당 저쪽 화원에 나는 풀 한 포기 나뭇가지 하나 그냥 보는 법이 없답니다. 그중에서 포도 그림은 아버님까지 놀랄 정도로 그려낸답니다."

"그림에 풀벌레를 그려 넣는 건 여자아이라 더 아기자기해서 그런가 보오."

"서방님이 오시기 얼마 전에 이런 일이 있었답니다. 집에 예전에 할아버지 대에 쓰시던 색조물감이 조금 남아 있는데, 아이가 꽃 그림을 그리는 걸 좋아하니 아버님께서 그걸 아이에게 내주셨지요. 그랬더니 좋아라 하고 대청에 앉아 후원에 가득 피었던 원추리꽃을 그리고 거기에 메뚜기며 날벌레 몇 마리를 그려놓고는 큰애가 부르는 바람에 잠시 자리를 비웠는가 봐요. 그 틈에 마당의 닭들이 마루로 올라가 그림 속의 날벌레를 죄다 쪼아놓아 그림을 망쳐 엉엉 울고 그랬답니다."

비록 구전으로 내려오는 이야기일지라도 사임당이 어린 시절 얼마나 귀한 대접을 받으며 자랐는지 알 수 있다. 남자가 아닌 여자아이였기에 서당에 나갈 수 있는 것도 아니었고, 이사온과 같은 선비가 외할아버지가 아니었다면, 또 자신의 과거 공부 때문에 대부분의 시간을 서울에서 보내고 있는 아버지 아래에서 자랐다면 누가 저 여자아이들에게 제대로 글을 가르쳐주고 그림을 가르쳐 줄 수 있겠는가.

오랜만에 강릉으로 온 남편에게 용인 이씨가 말한다.

"다음에 서울에 다녀오실 때는 새로 여러 색의 물감과 자수에 쓸 색실을 좀 구해 오셔요. 아이들이 이제 자수를 가르칠 나이가 되었답니다."

　당시 서울 제용감에서 만든 색실이 좋아 그게 오히려 중국으로 팔려나갈 정도로 인기가 좋았다. 이제 딸들이 수를 배우고, 수를 놓을 만큼 자란 것이다. 신명화가 강릉으로 오면 오랜만에 아버지를 보는 딸들의 얼굴에도 저절로 웃음꽃이 피어났다.

벼슬을 사양하여 화를 면한 아버지

　사임당의 아버지 신명화가 진사 시험에 입격한 것은 중종 11년(1516년) 서울에서 치른 병자년 사마시(생원 진사 시험)에서였다. 그때 그의 나이 마흔한 살이었고, 다섯 딸 가운데 둘쨋 딸인 사임당의 나이 열세 살이 되던 해의 일이었다. 서울에서 함께 공부하던 옛 동료들이 모두 그의 진사 시험 입격을 축하했다. 보통 사람들에게 마흔한 살의 진사 급제가 아주 늦은 것은 아니지만 그가 이루고 있는 학문과 신망에 비해서는 뒤늦은 감이 없지 않았다. 공부할 때에도 모두 바르게 상례를 치른 그와 교류하고 싶어 했다.

　신명화가 진사 시험에 오른 해 가을에 대사간 직에 있

는 윤은보가 그를 불렀다. 신명화보다 여덟 살이 많은 그는, 폐주(연산군) 시절 신명화가 단상법에 맞서 삼년상을 엄정히 치렀을 때 그를 치하하고 격려하던 사람이었다.

"신 진사, 조정에 들어와 일하고 싶은 생각 없는가?"

"생각이 있다 해도 조정의 벼슬살이를 하자면 우선 대과에 급제해야 되지 않겠습니까?"

"대과 급제를 하지 않더라도 길이야 있지 않겠는가. 자네 조광조를 잘 아는가?"

조광조는 신명화보다 나이는 여섯 살 아래여도 조정에서나 성균관 유생들 사이에서 위치가 이미 신진 사류의 영수와도 같은 존재였다.

"허허. 대감도 참, 조선의 선비 중에서 조광조를 모르는 사람이 어디 있던가요? 저와의 교류가 활발하지는 않지만 인사 정도는 하고 지내니 아주 모른다고 할 수도 없겠지요."

"조광조가 진사 시험에 입격한 것은 6년 전의 일이라네. 그때 사마시에 장원을 하여 성균관에 들어가서 공부를 했지. 그러다 3년 후 다시 본 식년시 대과에 낙방했지만, 성균관 유생들이 천거하고 또 이조판서로 있던 안당이 천거해서 종이를 만드는 조지서에서 처음 관직 생활을 했다네. 그런 다음 다시 별시 문과에 급제해 성균관 전적과 사헌부 감찰을 지낸 다음 지금은 정랑으로 있는데 처음 관직에 나선 건 대과에 합격한 다음이 아니라 사마시에 입격한 다음 천거를 통해서였다네. 내가 자네 사람됨을 익히 알고 또 여기저기서 들은 말이 있으니 지난 예에 따라 자네를 천거하고 싶은데 자네 생각은 어떤가?"

그러나 신명화는 천거를 통한 벼슬길에 나가지 않기로 했다. 다시 친구 남효의가 그를 찾아왔다.

"자네 윤 대감의 천거를 거절했다는 말을 들었는데 정말인가?"

"별시나 대과에 오르지 않고 천거로 조정에 들어가면 나중에 여러 말이 나올 수 있지 않겠는가. 빠르고 거침없는 것이 때로는 느려도 곧은 것만 하지 못할 때가 있다네."

남효의도 신명화의 뜻을 존중하고 그냥 돌아갔다.

조광조는 현량과를 시행하기 전에 자신이 꿈꾸어온 유학의 이상정치를 구현하기 위해 백성들의 생활 속에 박혀 있는 미신의 타파를 내세워 우선 궁중에서 무속 행사를 치르는 소격서(궁궐 안에서 하늘과 별에 제사를 지내는 곳)의 폐지를 강력하게 주장했다. 백성보다 궁중이 문제였다. 인간사의 길흉화복을 미리 알아내어 방비하는 도교의 기복신앙이 일반 백성들에게도 그렇지만 궁중의 처소마다 깊이 박혀 있었다.

이해 전국의 가구 수는 75만 호였고, 인구는 375만 명이었다. 조광조는 백성들이 유학을 알게끔 교화하기 위해 중국의 여씨향약을 전국의 향촌에 장려했다. 향약의 기본을 이루고 있는 것이 바로 『소학』이었다. 조광조는 학문, 소신, 인품으로도 왕의 마음을 사로잡았다.

궁중의 분위기로 보아 소격서를 없애는 일이 다소 무리한 감이 없지는 않았지만 왕(중종)은 자신의 치세 동안 왕도정치를 구현하려는 조광조의 열정을 받아들이기로 했다. 조광조로서는 임금이 살고 있는 궁중에 너무 많은 적을 만들기도 한 셈이었다.

조광조는 임금의 신임을 한몸에 받으며 다음 개혁정치로 인재 등용제도에 손을 댔다. 자신이 처음 안당의 천거로 관직에 몸을 담았던 것처럼 학문과 덕행이 뛰어난 숨은 인재를 발탁해 관리로 등용하는 현량과를 주청하였는데, 임금은 이를 받아들였다.

이 제도를 통해 김식·안처겸·박훈 등 28명이 조광조와 다른 대신들의 추천을 받아 치른 시험을 통해 새로 조정의 관리로 임명되었다. 그중 현량과에서 장원으로 급제한 김식의 예로 본다면 사람 됨됨이에서나 등용 후 받게 되는 주목과 대우에서나 조광조 못지않은 사람이었다. 현량과의 급제자 28명 가운데 김식만이 천거 명목 일곱 항목 모두에서 완벽하다는 평가를 받았다. 그는 새로 조정에 들어오기 전에 이미 성균관을 중심으로 한 신진 사림으로부터 두터운 신뢰를 얻고 있었고, 현량과 등용이 아니더라도 조광조에 버금가는 재목으로 평가되던 인물이었다.

그러나 그들보다 먼저 등용된 조정 대소신료들에게는 그의 인물됨보다 놀라운 것이 그의 등용 다음 일어난 일들에 대한 것이었다. 김식은 현량과에 합격한 지 닷새 만에 성균관 사성이 되었고, 며칠 뒤에는 홍문관 직제학에 올랐다. 그러나 그것만으로는 부족하다는 이조판서 신상과 우의정 안당의 거듭된 추천으로 다시 며칠 만에 홍문관 부제학을 거쳐 대사성에 임명되었다. 일찍이 이토록 파격적인 발탁과 먼저 교지의 먹물이 마를 새도 없이 이루어지는 빠른 승진은 없었다. 이것이 현량과에 합격한 날로부터 불과 보름 사이의 일이었다.

이들 28인이 천거될 때 이조참판 윤은보가 다시 한번 신명화를 불러 현량과로 나갈 뜻이 없는지 물었다. 참판에 오른 남효의 역시 다시 그를 현량과에 추천하고자 했다. 그러나 신명화는 본인 역시 이 나라의 정치개혁에 대해서는 신진 사류와 뜻을 같이 하지만, 조광조를 중심으로 이루어지는 변혁의 흐름이 너무 빠르다는 판단 아래 본인의 추천을 다시 한번 사양했다. 후일 율곡이 쓴 〈외조고 진사 신공 행장〉에도 "윤은보와 남효의 등이 현량으로 천거하려 하였으나 진사가 굳이 사양하므로 강권할 수 없었다"라고 기록되어 있다.

조광조는 세 번째의 개혁으로 자신을 따르는 신진 사류들과 함께 조정의 훈구세력인 반정공신을 공격하기 시작했다. 이들은 우선 반정공신의 숫자가 너무 많음을 강력하게 비판했다. 이 역시 훈구파의 강한 반발을 불렀다.

그러던 중에 훈구파의 홍경주·남곤·심정은 조광조에 대해 자신들과 같은 생각을 가지고 있는 동지들이 있는 대궐 안으로 은밀히 손을 넣어 움직였다. 소격서의 폐지에 불만을 품고 있는 후궁들을 통해 임금에게 조광조를 무고하는 말을 만들어 조광조가 꿈꾸는 이상정치의 본심을 의심하게 만들었다. 같은 일이 거듭되자 왕도 고개를 갸우뚱하기 시작했다.

왕은 점차 조광조의 개혁정치에 염증을 내었고, 그 안에 무언가 다른 게 있을지도 모른다는 의심을 하기 시작했다. 이를 눈치 챈 남곤·심정·고형산 등의 훈구대신들은 전격적으로 한밤중에 몰래 궁궐로 들어가 왕에게 조광조 일파가 당파를 조직해 왕권을 위협하고 조정을 문란하게 한다고 탄핵했다. 왕은 조광조가 붕당을 이루어 왕권을 위협한다는 말에 지체하지 않고 탄핵을 받아들였다.

다른 것은 다 그만두고 왕으로서는 왕권이 흔들리거나 위협받으면 안 될 일이었다. 왕의 재가가 떨어지자 그다음 일들은 미리 정해놓은 절차와도 같이 전광석화처럼 이루어졌다. 날이 밝기 무섭게 왕명으로 조광조와 그를 따르는 조정의 신진사류들을 잡아 옥에 가두었다.

조광조는 김정·김구·김식·윤자임·박훈 등과 함께 의금부에 투옥되었다. 조광조는 단 한 번만이라도 왕과 대면하여 설명하고 싶어 했지만 왕은 그조차도 받아들이지 않았다. 처음엔 김정, 김구, 김식과 함께 바로 사사의 명을 받았으나 영의정 정광필의 간곡한 주청으로 일단 능주(전라도 화순)로 유배되었다.

이때 신명화는 자신은 비록 현량과의 천거에 응하지 않았지만, 자신의 사촌동생인 신명인과 함께 이들 신진사류들과 상당히 깊게 교류하고 있었다. 신명인은 아직 등과하지는 않았지만 성균관에서 공부하며 신진 사류의 중요한 일원으로 활동하고 있었다.

조광조는 훈구파의 핵심인 김전·남곤·이유청이 각각 영의정 좌의정 우의정에 임명되면서 이들의 주청에 의해 바로 사사되었다. 세상 사람들은 기묘년 이해에 또 한 번 많은 선비가 목숨을 잃었다고 하여 이 일을 기묘사화라고 불렀다.

이 일로 신명화도 벼슬을 단념하고 더는 과거를 보지 않았다. 이제 과거를 단념한 그는 서울에만 머물러 있을 이유가 없었다. 더구나 봄에 장인 이사온이 세상을 떠나 북평촌 검은 대숲집의 넓은 사랑이 휑뎅그렁하게 비어 있었다. 이제 그가 오죽이 울타리처럼 둘러싸고 있는 검은 대숲집의 주인이 된 것이었다.

전에는 늘 서울에 머물며 과거 공부를 하고 해가 바뀐 봄에 한 차례 강릉 처가에 가족을 보러 갔던 신명화는 기묘사화가 일어난 다음 해(1520년) 봄 강릉으로 거처를 옮겼다. 예전과 반대로 이제는 주로 강릉 북평촌에 머물고, 어머니와 형님이 계시는 서울 집에는 이따금 한 번씩 올라가 얼굴을 뵙는 식이었다. 사임당이 열일곱 살이 되던 해의 일이었다.

사임당의 어머니 용인 이씨의 기도

　신명화가 강릉 북평촌에 가서 가장 놀란 것은 그동안 서울에 있을 때 제대로 살펴보지 못한 딸들의 학문과 기예였다. 큰딸은 혼인하여 집을 떠나고, 남은 네 딸의 맏이 노릇을 하는 둘째 딸의 학문과 서화가 평생을 공부만 해온 자신조차 놀랄 정도였다. 처음엔『소학』과 어머니의 영향으로『삼강행실도』정도는 익혔겠거니 하고 물어보기 시작한 것이 오서육경의 이곳저곳을 질문해보아도 이제 열일곱 살이 된 딸의 공부가 중국 고전과 경전 어디에도 막힘이 없었다.

　"놀랍구나. 어디까지 공부했느냐?"

　"작년에 외할아버님 돌아가시기 전에 육경을 마치고,

그다음부터는 혼자 여러 책을 익히고 있습니다."

"『예기』와 『춘추』를 다 살폈더란 말이냐?"

"외할아버님 가르침 아래 하였습니다."

"내가 여기 너희 곁을 너무 오래 벗어나 있었던 모양이다. 정말 네 외조부 말씀대로 사내라면 지금이라도 과거를 봐도 좋을 듯하구나. 아비가 제대로 살펴보지 못한 동안 네가 이룬 학문이 이미 아비를 넘어선 듯하구나."

단순히 글 공부만이 아니었다. 딸은 아버지 앞에 감히 자랑하듯 내놓지 못하고 아내가 벽장에서 꺼내 보여주는 둘째 딸의 글씨와 그림도 이미 어느 경지를 넘어선 듯했다.

"아비는 네가 그림을 그린다 해도 남보다 조금 나은 재주로 그냥 심심파적으로 그리는 줄 알았는데 그게 아니라 이제는 누구도 쉽게 흉내 내지 못할 네 방식을 찾은 듯보이는구나."

"아버님께서 칭찬해주시니 더 열심히 익히겠습니다."

"학문도 남자들처럼 어디에 쓰지 못한다고 쉬이 그만두지 말고 열심히 익히고, 서화의 기예도 열심히 훈련하

도록 해라. 둘이 서로 다른 듯해도 그게 다른 게 아니란
다."

화폭에 그림은 딸이 그렸어도 그것을 격려하고 이끈
이는 외할아버지였다. 신명화가 딸의 그림 앞에서 새삼
장인의 훈도와 품성을 존경하고 고마워하는 까닭이었다.

다음 해 신명화는 강릉 북평촌에서 가족과 함께 설을
쉬었다. 그는 대관령의 눈이 녹기를 기다렸다가 서울에
살고 있는 어머니와 형님에게 인사를 하러 갔다. 예전에
는 서울 본가에서 설을 쇤 다음 봄이 되기를 기다려 장인,
장모와 또 아내와 딸들이 살고 있는 강릉으로 초봄 원행
을 했는데, 이제는 그 원행의 출발지와 도착지가 예전과
반대로 강릉에서 서울로 바뀌었다.

서울에서 다시 강릉으로 길을 떠나던 신명화가 장모
최 씨의 부음을 들은 건 서울에서 강릉으로 오기 위해 집
을 떠난 지 나흘 만에 여주에 있을 때였다. 저녁에 여주
에 도착해 예전에 늘 다니던, 길가에 있는 민가에 들렀을
때 거기에 강릉 북평촌에서 기별을 가지고 올라온, 마당

바깥채에 살고 있는 가노 내은산이 먼저 와 그를 기다리고 있었다.

"아니, 네가 여기는 어쩐 일이냐?"

묻기는 해도 내은산의 굳은 얼굴을 보는 순간 그는 자신이 없는 동안 북평촌에서 일어난 모든 일을 짐작할 수 있었다.

"큰할머니 마님께서 돌아가셨습니다."

여주 민가에서 장모의 부음을 들은 신명화는 지난 시절의 여러 생각이 가슴을 치밀고 올라와 주인이 차려 내온 음식조차 제대로 먹을 수 없었다. 상을 물린 다음에도 제대로 먹지도 않은 음식이 명치 끝에 얹힌 듯 기운이 쫙 빠지고 뒷머리가 서늘해지며 냉증이 일어났다.

신명화는 다음 날 중간에서 길을 멈추자는 내은산을 몇 번이고 야단치듯 재촉해 강천과 문막을 지나 횡성까지 왔다. 전날도 그랬지만 이날 무리하게 걸은 걸음이 탈이 나고 말았다. 횡성 민가에 괴나리봇짐을 끌렀을 때 신명화의 온몸은 불덩이로 변해 있었고, 손발은 얼음처럼 차가웠다.

그런데도 신명화는 오직 북평촌에 하루라도 일찍 대야겠다는 마음으로 다시 다음날 이를 악물고 진부역까지 걸어왔다. 다시 진부에서 억지로 걸음을 떼어 횡계까지 와서는 고원의 냉기에 목까지 퉁퉁 부어 연신 기침을 하며 피까지 토하게 되었다.

"아니, 이분이 누구시오? 강릉 북평촌의 최 참판댁 서랑인 신진사 아니시오? 이대로는 안 되겠습니다. 제가 내일 새벽 부지런히 먼저 내려가 북평촌에 가서 알리겠습니다."

대관령을 넘나드는 사람들이 정해놓고 쉬는 횡계 민가에 다행히 그를 알아보는 사람이 있었다. 강릉 사람 김순효였다.

이 댁의 주인이 서울에서 장모 장례를 치르러 내려오다가 횡계에서 피까지 토하며 기침을 하고 있다는 말이 전해지자 장례 준비를 하던 북평촌 검은 대숲집에는 그런 설상가상의 기별이 없었다. 이미 어머니를 잃은 이씨 부인으로서는 무너진 하늘이 또 한 번 무너지는 듯했다.

"우리 진사께서 혼자 내려오고 계시는지요?"

"옆에 가노가 있는 듯합니다. 아마 저녁 내에 대관령 아래의 구산에 도착했을 겁니다."

이씨 부인은 외사촌 동생 최수몽과 의논했다. 수몽은 부인의 둘째 외삼촌의 셋째 아들로 아직 생원 진사과에 등과하지 못한 유생으로 즈므의 고향집을 지키고 있었다.

"이 일을 어쩌겠느냐? 내가 난손이를 데리고 직접 나가 봐야겠다."

난손은 같은 외사촌이라도 얼사촌으로 수몽의 아버지인 둘째 외삼촌과 그 집 안채의 잔일을 돕는 시비 사이에서 태어난 자식이었다. 증조부와 조부가 참판까지 지낸 대갓집 주인의 아들로 삶이 조금 자유로운 부분은 있어도 그러나 그 역시 그 집 노비의 신분이었다. 훗날 이씨 부인이 다섯 딸에게 자신의 재산을 나누어주는 분깃문기를 작성할 때에도 이씨 대신 문기의 필집을 도와준 사람이 얼외사촌인 최난손이었다.

이씨 부인은 도호부를 지나며 난손이 불러온 의원을 데리고 밤길을 걸어 새벽에 구산역에 닿았다. 부인이 가서 보니 신명화는 민가에 정신을 잃고 쓰러져 일어나지도 못했다.

"아무래도 여기서는 안 되겠다. 집으로 모시고 가야
지."

이씨 부인은 난손이 역참에서 구해온 가마에 신명화를
태웠다. 구산에서 건금마을을 지나 위촌마을까지 갔다.
거기에서 이씨 부인은 북평촌 집으로 남편을 모셔가지 않
고 외증조부 최치운과 외조부 최응현의 사당이 있는 즈므
로 남편을 모셨다. 사당의 재실에 들어섰을 때 남편은 이
미 얼굴이 새까맣게 죽어 있었다.

이씨는 지금 막 어머니를 여읜 슬픔 속에 다시 남편을
잃을지 모를 또 한 번의 급작스러운 재액을 당하자 외가
재실에 향을 피우고 온 정성을 다하여 천지신명께 기도를
올렸다. 일곱 낮과 일곱 밤 동안 눈 한 번 붙이지 않고 입
술이 터지도록 애를 끓이며 기도했지만, 차도가 없자 이
씨는 다시 목욕재계를 한 다음 몰래 장도를 몸에 품고 재
실을 나섰다.

이씨는 얼사촌 난손으로 하여금 외증조부 최치운의 묘
소가 있는 뒷산 위에 제상을 놓게 하고 향을 피우게 한 다

음 그 앞에 엎드려 절하며 소리쳐 울면서 호소했다.

"하늘이시여!

선한 사람에게 복을 주시고 악한 사람에게 화를 내려주시는 것이 하늘의 이치이옵니다. 그리고 선행을 쌓고 악행을 거듭하는 게 사람의 일이옵니다. 그러나 저의 남편 신명화는 이제까지 지조 있게 살아온 선비로 어디에서도 사흉한 행동을 하지 않았사오며 평소 몸가짐과 행실에도 조금의 흉악함이 없었사옵니다. 부모가 상을 당해도 복상을 짧게 하고 말던 시절 부친의 상을 당하였을 때 거친 나물밥으로 몸이 쇠하면서도 산소 곁을 떠나지 않았고, 친히 제물을 올리며 몸에서 단 한 번 상복을 떼지 않은 채로 3년을 거상하였습니다.

하느님께서 만약 알고 있다면 응당 선악을 잘 살피셔야 할 일이온데, 이런 사람에게 화액을 내리는 것이 어찌 이토록 가혹하시옵니까? 저와 남편은 각각 저마다의 어버이를 모시어 서울과 강릉에 헤어져 산 지가 16년이나 됩니다. 바로 얼마 전 집안의 재앙으로 인자하신 제 어머니께서 돌아가셨는데, 이제 남편까지 앓아누웠으니 만약 또 한 번 큰일을 당한다면 외로운 이 몸은 사방에 의지할 곳이 없게 되옵니다. 엎드려 생각하옵건대 하늘과 사람은 한 이치로 통하고 있고, 나타나는 것과 은미한 것은 차이가 전혀 없사옵니다."

몸을 구부려 하늘에 절을 하고 난 다음 이씨는 품에서 장도를 빼어 자신의 왼손 가운데 손가락 두 마디를 끊어 두 손에 받쳐 들고 다시 하늘을 우러러 바라보며 기도를 올렸다.

"하늘이시여,

저의 정성과 공경이 지극하지 못하여 이런 극한 지경에까지 이르렀사옵니다. 사람의 신체발부는 부모에게서 받은 것이라 감히 훼상할 수 없다고 하지만 무엇보다 제가 하늘로 삼는 것이 바로 남편인데 그런 하늘이 무너진다면 제가 어찌 홀로 살 수 있겠사옵니까? 바라옵건대 저의 이 몸으로 남편의 목숨을 대신하여 주시옵소서!"

이씨는 하늘에 기도를 마친 다음 산 위에서 내려와 다시 외조부 최응현의 묘 앞에서 절하고 고하였다.

"외조부님께오서는 살아서 어진 정승이셨으니 돌아가

서도 반드시 영명하신 영혼이 되셨을 것이옵니다. 하늘의 상제께 고하시어 이 가련한 외손의 사정을 굽어살피게 하여 주옵소서!"

고하기를 마치고 재실에 돌아와서도 조금도 아파하는 기색 없이 오직 남편이 이를 알까 두려워할 뿐이었다. 이때 시절이 봄이라 오랫동안 가문 날씨가 계속되고 하늘이 맑았는데, 갑자기 검은 구름이 일어나듯 모여들고 천둥이 치며 비가 내리기 시작했다.

둘째 딸 사임당이 아버지를 밤새 간병하다가 아침에 잠깐 조는 틈에 꿈을 꾸었다. 꿈에 한 신령이 나타나 하늘에서 대추만한 약을 가지고 내려와서 아버지 입에 넣어주는 것이었다. 사임당은 그 광경이 꿈인데도 너무나 생시인 것 같아 바로 그 순간 졸음에서 깨어나 주위를 두리번거렸다. 그러자 옆에 누워 있던 아버지가 눈을 감은 채 홀연히 작은 소리로 중얼거렸다.

"내일이면 내 병이 다 나을 것이다."

다음 날이 되자 신명화는 과연 어제 자리에 누워서 한 말대로 거짓말처럼 병이 나아 몸을 훌훌 털고 일어났다.

모두 반갑고 놀라 어안이 벙벙했다. 신명화는 바로 북평촌 집으로 돌아가 며칠 앞으로 다가온 장모의 장례를 손수 주관했다.

훗날 율곡은 평소에도 외할머니 이씨에 대해 말은 서툴러도 행동은 민활하며, 모든 일을 신중히 처리하되 착한 일에는 과단성이 있다고 말했다. 자신이 태어나기 전, 어머니로부터 전해들은 외할머니의 모습이 그러했던 것이다. 모두 이씨 부인이 단지 기도를 올려 하늘을 감동케 하여 남편을 살려낸 것이라고 했다.

이씨의 이야기를 들은 강원도 관찰사는 여러 고을을 두루 살펴본 다음 "강릉에 사는 신명화의 처 이씨는 천성이 순수하며 아녀자로 학문을 대강 아는 사람입니다. 평소에도 늘『삼강행실도』를 외우며 어버이와 남편을 섬김에 도리를 다하여 향리에 효부열녀로 소문이 났습니다."라고 쓰인 치계를 임금에게 올리기도 했다.

이씨는 자신만『삼강행실도』를 열심히 외우고 실천했던 것이 아니라 훗날 나라에서 편찬하는『삼강행실도』의 주인공이 되기도 했다. 이씨가 남편의 목숨을 구하기 위하여 자신의 손가락을 잘라 기도한 이야기는 그런 일이 있은 지 100년 가까이 지난 다음 광해군 5년(1613년)에 간행된 『동국신속삼강행실도』에 '이씨 감천'이라는 제목으로 두 장의 그림과 함께 편찬되어 지금도 책 속에 그때의 사정이 전해져 내려오고 있다.

사임당과 이원수의 결혼

　강릉 북평촌 검은 대숲집의 딸들에게 돌아가신 외할아버지는 한없이 인자하고 너그러웠지만, 자라는 동안 일 년에 한두 번밖에 모습을 보지 못하는 아버지는 늘 근엄하고 엄격했다. 신명화는 자주 얼굴을 대하지 못하는 만큼 딸들의 예의범절을 더욱 각별하게 여겼다. 외할머니의 장례를 치른 다음 한번은 이런 일이 있었다.

　어머니 용인 이씨가 뒷간에 다녀오다가 발을 헛디뎌 마당에서 넘어질 뻔했다. 딸들이 놀라 달려가 부축하여 다행히 넘어지지 않았다. 어머니도 놀랐지만 딸들도 순간적으로 놀랐다가 이내 무사한 것을 확인하자 잠시 후 모두 빙그레 웃었다. 신명화가 그 광경을 보았다.

"아니, 너희들 지금 그게 무슨 행동이냐?"

딸들이 아버지의 말에 놀라 얼굴이 굳어졌다.

"어머니가 넘어질 뻔했으면 부모가 이제 나이가 들어 기운이 쇠약해진 것을 걱정하고 두렵게 여겨야지, 그러지는 못할망정 도리어 다시 웃다니 그건 어디에서 배운 행동들이냐?"

"죄송합니다, 아버님. 저희는 어머니가 무사하신 게 안심이 되어 그리했습니다."

큰딸은 출가하고 남은 네 딸을 대신해 둘째 딸인 사임당이 말했다.

"안심은 이번 한 번의 일이고, 어머니가 나이 들고 기운이 쇠약해지는 것은 앞으로 계속될 일일 텐데 이걸 걱정하고 두렵게 여겨야지."

보통 사람들 같으면 무심히 넘길 수 있는 작은 행동에 이르기까지 아버지의 가르침이 늘 이와 같았다.

다음 해(1522년 중종 17년) 둘째 딸을 혼인시킬 때의 일 역시 그랬다. 신명화는 이태 전에는 장인 이사온의 장례를, 지난해에는 장모(최응현의 딸 최씨 부인)의 장례를 각각 치렀다. 한 해에 흉사와 길사를 함께 할 수 없어 다음 해에 혼인시킬 생각으로 둘째 딸의 중매를 놓았다.

그런데 바로 그 전 해(1521년)에 나라에 이런 일이 있었다. 중종 임금이 몇 년 전 세상을 떠난 장경왕후와의 사이에서 난 원자를 세자로 책봉하고 명 황제로부터 세자 책봉에 대한 고명을 받기 위해 사신을 보냈다. 특히나 세자 책봉의 승인 같은 일이 있을 때에는 명나라의 요구 조건이 많았다. 명의 무종은 내관에게 명해 다음과 같은 칙서를 내렸다.

"역(懌, 중종의 이름)의 아들 호(岵, 인종의 이름)를 조선의 세자로 봉한다. 이를 기려 역에게 흰 비단과 붉은 구슬을 내린다. 역은 그곳에 나는 진기한 물건과 그곳의 동남동녀를 찾아 진상하도록 하라."

이것은 충족시키기가 매우 어려운 요구였다. 나라에 없는 금은보화를 요구하는 것보다 더한 요구가 바로 이것이었다. 황제의 칙서엔 동남동녀라고 해도 그것은 구색일 뿐 나중에 가면 그 숫자만큼의 처녀를 진상하라는, 온 나라의 민심을 흔들만한 요구였다. 북경에 갔던 사신이 돌아오자, 아니 돌아오기도 전에 이미 도성에는 중국으로 조공 보낼 처녀를 선발할 것이라는 소문이 흉흉하게 돌았다.

혼기를 앞둔 딸을 둔 정식으로 의례에 따라 중매를 놓으면 그 집에 시집 갈 나이에 이른 딸이 있다고 소문을 내는 거나 마찬가지여서 중매를 거치지 않고 어디에 나이가 찬 총각이 있다고 하면 마치 사람을 사들이듯 바로 사위 맞기를 서둘렀다

"아무리 그래도 선비가 인류의 의례를 손상시키면서까지 납폐해서야 되겠는가?"

사람들의 입과 입 사이에 흉흉하게 떠도는 소문 속에서도 신명화는 제대로 중매를 놓게 했다. 다행히 조선의 동남동녀 진상은 다음 해 봄 명나라의 황제 무종이 죽고 세종이 새 황제로 즉위하며, 등극 조서와 함께 그것을 구하지 말라는 칙서가 함께 전달되어 동남동녀의 조공은 없던 일이 되었다. 서울 도성에 소문이 잘못 돌아 흉흉했던

것이 아니라, 실제로 흉흉한 소문 속에 중국 황제의 죽음으로 장차 몇 명이 될지 모를 조선 사대부가 처녀들의 운명이 바로잡힌 것이었다.

후일 외손주인 율곡은 〈외조고 진사 신공 행장〉에서 이때의 일에 대해 "둘째 딸을 시집 보내려고 할 때 서울에 갔다온 사람이 헛소문을 퍼뜨려 나라에서 널리 처녀를 뽑아가려고 한다고 해서 딸을 둔 집마다 격식을 갖추지 않아 사대부의 집이라도 제대로 예를 갖추지 못하였다. 그러나 진사는 홀로 풍속을 개탄하여 혼례의 법식대로 차분하게 납폐하였다"라고 했지만, 당시 실제로 있었던 일은 이러했다. 자칫하면 딸이 그 동녀 속에서 가장 먼저 신분을 드러낸 표적처럼 포함될지도 모를 사정 속에서도 신명화는 바른 풍속에 대한 소신을 보였던 것이다.

신명화는 그동안 아버지로서 늘 엄한 모습을 보였어도 어느 딸보다 둘째 딸의 총명함과 재주를 아끼고 사랑했다. 혼자서 하루에도 몇 번 이런저런 사정을 짐작해보는 신명화의 마음에 드는 사윗감이 나타났다.

신랑감의 이름은 이원수.

본관은 덕수로, 나이는 둘째 딸보다 세 살이 많은 스물 두 살이라고 했다. 태어난 곳은 파주지만 어릴 때 아버지를 여의고, 홀어머니 슬하에서 외아들로 자라며 공부를 위해 어머니와 함께 파주에서 서울로 나와 산다고 했다.

무엇보다 가족이 단출한 것이 신명화의 마음을 끌었다. 그런 집엔 시집을 가면 어른을 섬기는 시집살이와 형제를 살피는 것에 인생의 모든 노고를 다 빼앗기지 않을 것이라고 생각하였다. 집안을 살펴보아도 일찍 세상을 떠난 아버지 대에는 벼슬한 사람이 없다 해도 그 위의 조상들을 봐도 문벌에 부족함이 없는 집안이었다.

할아버지는 현감을 지냈고, 아버지는 아들이 어릴 때 세상을 떠났지만, 아버지의 여러 사촌 가운데 벼슬길에 나선 사람이 몇 있었다. 그 가운데 신랑의 작은할아버지의 아들인 이기는 지금 의주 목사로 있고, 그 아래인 이행은 대사성과 공조판서를 지낸 다음 의정부 우참찬으로 있었다. 집안의 음덕을 보자는 것은 아니지만, 아버지가 일찍 돌아갔다 해도 아버지의 사촌들이 그만하면 지금의 울타리만으로도 어느 문벌보다 강성한 집안이었다.

신랑감의 당숙인 이행은 당대 조선 최고의 문장가이
자 시인이었다. 훗날 조선 최고의 문장가로 일컬어지는
허균조차도 그의 시에 대해 "이행 정승이 시에 입신하였
다"라고 말했다. 허균의 말은 의례적이거나 단순한 칭찬
이 아니었다. 허균은 자신의 문집 『성소부부고』에 누군가
우리나라 시단의 흐름에 대해 묻자 우리나라 고래의 전체
시단에 대해 매우 가차 없고도 엄격한 평가를 했다.

"신라 말엽에 최치원이 처음으로 이름이 났지만 오늘
로 본다면 문장은 너무 고와서 오히려 시들었고, 시는 거
칠어서 약하니 만당(당나라 말엽)에 넣더라도 누추함을
나타낼 것이다. 고려시대의 정지상도 아롱점 하나는 보
았다 하겠지만 역시 만당 시 가운데 그저 농려한 정도다.
이인로와 이규보는 더러 맑고 기이하며, 진화와 홍간은
기름지고 고우나 이들은 모두 소동파의 아류다.

우리나라의 시는 고려 말 이제현에 이르러 비로소 창
시되어 이곡과 이색이 계승하였으며, 정몽주, 이숭인, 김
구용이 고려 말에 명가를 이루었다. 조선 초에 이르러서

는 정도전과 권근이 명성을 독점하였으니 문장도 이때에 이르러 비로소 활달해졌는데 중흥의 공로로 보자면 이색이 으뜸이다. 중간에 김종직이 정몽주와 권근의 문맥을 얻어서 사람들이 대가라고 일렀으나 안타깝게도 문규의 트임이 높지 못했다. 그 뒤에 이행 정승이 시에 입신하였으며, 신광한과 정사룡이 뚜렷하였다. 또 노수신 정승이 문명을 떨쳤으니 이 사람들이 중국에서 태어났다면 어찌 모두 강해와 이몽양 두 사람보다 못하다 하리오?"

'입신의 경지'라고 평한 허균의 극찬이 아니더라도 이행의 시는 당시 조선 시단에 정석처럼 통하던 판에 박은 당시(唐詩)의 유행에서 벗어난 참신하면서도 격조 높은 표현으로 새로운 시풍을 일으켰다. 이원수가 아버지를 일찍 여의어도 바로 그런 울타리를 가진 집안의 사람이었다.

신명화는 서울 수진방 집으로 사윗감 이원수를 불렀다.

차림새가 반듯한 것이 첫눈에 사람이 진실되고 정성스러워 보였다. 집안의 어른과 중신아비가 함께 오긴 했지만 장래 장인이 될 사람에게 처음 인사를 온 것이라 젊은 사람이 긴장도 할 법한데 조금도 그런 기색 없이 자못 기풍이 있어 보였다.

"집이 파주라고 했던가?"

"예. 그곳에 본향을 두고 지금은 어머니와 함께 서울에 나와 살고 있습니다. 아버님은 제가 여섯 살 때 돌아가셨습니다."

"그런데, 나는 아들은 없고 딸만 다섯 두었다네."

"들어서 잘 알고 있습니다."

"내가 딸을 여럿 두었으나 그중에서 둘째 딸은 혼례를 치른 후에도 내 곁에서 떠나보낼 수가 없다네. 자네는 혼인한 후에도 그렇게 해줄 수 있겠는가?"

그것은 여러 딸 중에서 둘째 딸만 유독 사랑해서가 아니었다. 다른 딸들보다 함께 데리고 살고 싶은 마음도 있지만, 외조부 아래에서 학문을 하며 틈틈이 익힌 서화에 어느 정도 경지를 가진 둘째 딸의 예술 세계를 아버지로서 지켜주고 싶은 마음에서였다. 그리고 이제 생원 진사시 초시에서부터 시작해 과거를 봐 나가야 할 사위의 학문을 옆에서 독려하고 싶은 마음도 있었다.

사주가 오가고 길일을 잡아 유월 스무날이 혼례일로 정해졌다.

이날 혼례를 치른 둘째 딸이 후일 율곡의 어머니로 세상 어머니의 표상처럼 알려지기 시작한 다음 당호로 '사임당'이라는 이름이 붙여졌다.

그 뜻은 '주나라를 창건하고 기틀을 닦으신 문왕의 어머니 태임을 스승으로 여긴다'는 것이었다. 태임은 오랜 세월에 걸쳐 중국에서 부덕이 가장 뛰어난 어머니로 칭송받아왔다. 당시로는 어머니로서 지켜야 할 네 가지 도리인 슬기로움과 엄정함과 의로움과 자애로움을 모두 갖춘 가장 훌륭한 어머니상이었다.

『소학』「입교」편에 나오는 태임에 대한 구절은 이랬다.

"태임은 문왕의 어머니다. 지나라 임씨의 둘째 딸로 왕계가 맞이하여 왕비로 삼았다. 태임은 성품이 단정하고 한결같았으며, 성실하고 엄숙하여 오직 덕스러운 행동만 하였다. 문왕을 임신하여서는 눈으로 사나운 빛을 보지 않았으며, 귀로 음란한 소리를 듣지 않았으며, 입으로는 나쁜 말을 뱉지 않았다. 문왕을 낳으시니 총명하고 사물에 통달하여 태임이 하나를 가르치면 백을 알아 마침내 주나라의 으뜸가는 임금이 되었다. 그래서 군자들은 태임이 태교를 잘하였다고 하였다."

『소학』에는 태임의 얘기 뒤에 맹모의 삼천지교가 나온다.

맹모도 태교에 대해서 말한 것이 있다.

"맹자가 어렸을 때 동쪽 집에서 돼지를 잡는데 무얼 하려는 것입니까? 하고 물으니 어머니가 말하기를 너 먹이려고 잡는다고 했다. 조금 뒤에 어머니가 이 말을 한 것을 후회하며 이르기를 내가 듣기에 옛날에는 태교가 있어 뱃속에 있는 아이도 가르쳤다는데, 이제 철이 나려고 하는 아이를 속이는 것은 불신을 가르치는 것이다. 하고 돼지고기를 사서 먹였다. 맹자가 이렇게 하여 자라나더니 장성하여 학문을 닦아 마침내 대유학자가 되었다."

그러니까 문왕의 어머니 태임과 맹자의 어머니를 본받

아 나도 그런 훌륭한 어머니가 되겠다는 꿈을 가지는 것은 조선시대 전체를 관통해 결혼을 앞두거나, 또 결혼한 많은 여성이 스스로 다짐하는 것이었다.

아버지의 죽음

사임당과 이원수는 1522년(중종 17년) 음력 6월에 혼례를 올렸다. 그리고 다섯 달이 지난 그해 겨울 세모에 북평촌 검은 대숲집에 또 한 번 마른하늘에 날벼락 같은 소식이 전해졌다. 딸의 초례를 치른 지 다섯 달밖에 되지 않은 동짓달에 이 집 주인인 신명화가 서울에서 강릉으로 오던 중 길 위에서 그만 세상을 떠난 것이었다.

지난해 봄 장모 장례 때에도 한 번 그런 일이 있어 이제는 강릉과 서울을 오가는 길에 가노 내은산이 늘 따라다녔다. 양주 지평에서 내은산이 한달음에 달려와 진사의 죽음을 알렸다. 양주 양근을 지나 지평에서 숨이 끊긴 때는 초이렛날이라고 했다. 딸의 초례를 치르고 나서 어머니에게 딸이 초례를 치른 것을 말씀드리러 갔다가 다시 강릉으로 걸음을 재촉해 오던 길이었다.

"아니, 이게 무슨 일이란 말이냐?"

기별을 받고 이씨 부인이 깜짝 놀랐다.

"서울에서 오시다가 사흘째 되는 날인데 양근에서 묵고 여주로 오시던 길에 지평에서 어떻게 해볼 사이도 없이 그대로 돌아가시고 말았습니다."

말 그대로 동짓달이라 이제 대설이 막 지나 맹동추위가 몰아칠 때였다. 예부터 내려오는 속담에도 "소한, 대한에 객사한 사람은 제사도 지내지 말라"라는 말까지 있었다. 소한, 대한의 추위나 다름없는 대설 추위에 길을 떠나다 변을 당한 것이었다.

지난해 한 번 그런 일이 있었을 때 언젠가 다시 같은 일이 생기지 않을까 싶어 남편이 서울길을 떠날 때 부인은 그것이 큰 걱정이었는데, 결국 부인이 염려하던 대로 그런 변을 당하고 만 것이었다. 장례는 지평으로 가서 치렀다. 장사를 지내며 사임당은 아버지의 일생을 마음속으로 정리해보았다.

다른 집 자녀들처럼 아버지와 함께 살지 못했지만, 그래도 아버지는 딸들에게 세상의 여러 일에 임하는 모습과 방법을 많이 가르쳤다. 아버지가 직접 딸들을 앞에 앉혀두고 공부를 가르친 것은 아니지만, 처음 언니가 태어날 때부터 이 집에서는 딸들도 다른 집의 아들처럼 공부를 할 수 있게 해주었다.

어머니가 몸져누우신 외할머니를 시병하기 위해 서울에서 과거 공부를 하는 아버지에게 함께 강릉으로 가서 외할머니를 보살피자고 했을 때 아버지는 큰아버지가 모시고 있는 할머니의 곁을 떠나 흔쾌히 어머니의 청을 따라 강릉으로 왔다. 아버지에겐 그것이 바로 자식의 가장 바른 도리였기 때문이었다.

폐주(연산군)가 단상법을 엄하게 시행할 때에도 아버지는 그것이 왕명과 국법을 거역하는 일이어도 거기에 굴하지 않고 바른 풍속대로 할아버지의 삼년상을 산소 아래 여막에서 치러냈다. 아버지는 자신에게나 자식들에나 한결같이 엄격한 모습이었다. 기묘사화가 일어나기 전 두 사람의 판서와 참판으로부터 현량과의 추천을 받았으나 아버지는 거기에 나아가지 않았다.

과거는 비록 진사 시험에 그쳤으나, 기묘년에 이르러 과거를 단념하기 바로 전까지 아버지는 어려서 처음 글을 배우기 시작했을 때부터 나이 들었을 때까지 어느 한 시기도 공부를 게을리하지 않았다. 과거를 단념한 다음에 서울에서 강릉 북평촌으로 거처를 옮겨와서도 아버지는 아침이면 새벽같이 일어나 단정하게 의관을 갖추고 사랑에 나가 책을 읽었다. 아버지의 낭랑한 목소리가 창밖에 와서 지저귀는 새소리보다 먼저였다.

훗날 사임당의 아들 율곡은 외할아버지 행장의 제일 앞부분에 이렇게 적었다.

"진사는 성화 병신년(1476년, 성종 7)에 태어나 정덕 병자년(1516년, 중종 11)에 진사시에 입격하고 가정 임오년(1522년, 중종 17) 11월 7일에 졸하였다. 향년 47세였다. 지평의 적두산 기슭에 장사지냈다가 후일 다시 강릉 스므로 옮겨 장사지냈다."

율곡은 〈외조고 진사 신공 행장〉에서는 외조부가 서울에서 돌아가셨다고 말하지 않고, 그보다 훨씬 나중에 쓴 외조모 묘비명에 진사공이 서울에서 돌아갔다고 기술했다. 이 때문인지 후대의 기록들은 거의 어떤 글에도 신명화가 서울에서 세상을 떠났다고 기록한다. 그렇게 되면 서울에서 죽은 사람을 엄동설한에 십수 명의 상두꾼이 매달려 닷새 넘게 상여를 움직여 지평 적두산에 묘를 쓴 것이 된다.

　거기에 장례 첫날부터 마지막 날까지 상여를 뒤따라가며 함께 움직여야 하는 가족 이삼십 명의 행렬은 어떠한가. "소한, 대한에 객사한 사람은 제사도 지내지 말라"라는 말까지 있던 시절 율곡 자신도 외조부 행장에 불경스럽게 객사라는 말을 적을 수 없었을 것이고, 율곡과 사임당의 지난 자취를 살펴보는 후대의 사람들도 대현의 외조부 죽음에 금칙어와도 같은 객사라는 말을 입에 올리는 게 불경스러워 감히 그런 표현을 쓰기가 어려웠을 것이다. 그 시절 서울에서 죽은 사람을 선산도 아닌 무연고의 지평 적두산에까지 일부러 모시고 와 장사 지내자면 유월

장(踰月葬)의 예법에 따라 동짓달 그믐을 지낸 다음 섣달 소한 대한의 엄동설한에 더딘 걸음으로 며칠 그곳까지 상여가 나가야 하는데, 여러 날 길 위에서 상제와 상두꾼들이 먹고 자는 일들을 어떻게 해결하였을 것이며, 겨울이어서 설사 얼음이 얼었다 하더라도 상여가 나루 한 곳을 건너야 하는 일은 또 어떻게 진행하였겠는가. 나중에 강릉 즈므로 이장할 묘를 일부러 서울에서부터 이토록 많은 경비를 들이고 이런저런 어려움을 겪으면서 지평 적두산까지 모셔와 묘를 쓰지 않았을 것이다.

적두산에 장사를 지낸 때는 둘째 딸 사임당이 혼례를 치르던 해의 겨울이었고, 강릉 즈므로 옮겨 장사를 지낸 것은 아직 태어나지 않은 율곡이 어른이 된 다음이었다. 외할아버지의 묘를 강릉으로 이장한 이들도 율곡과 아직은 어린아이인, 이 집의 넷째 딸이 시집을 가서 낳은 아들 권처균이었다. 그곳에서 목숨을 잃었다는 것 말고는 아무 연고도 없는 지평 적두산에 언 땅에 곡괭이질을 해 장사를 지내며 용인 이씨는 자기가 살아 있는 동안 남편의 묘를 강릉으로 꼭 이장하리라 결심했다. 그리고 장례를 치르고 온 다음 남편 제사의 봉사조로 지평에 논 20마지기를 마련해두었던 것이다.

혼인하고 이태 후 어머니께 인사드린 새댁

초례를 치르고 몇 달 후 아버지가 돌아가시고, 아들이 없는 집안의 맏이 노릇을 하느라 사임당은 신혼의 단꿈조차 꿀 틈이 없었다. 존재만으로도 북평촌 대숲집의 커다란 울타리와 같았던 아버지가 세상을 떠나자 어느 날 갑자기 하늘이 무너진 듯한 느낌이었다. 그러나 혼자만의 상실감에 젖을 사이도 없이 홀로 된 어머니를 보살펴야 하고, 친정집 별당에 거처를 마련한 낭군과 아래 동생들도 부족한 게 없도록 챙기고 거두어야 했다

시간이 어떻게 흘렀는지도 모르게 아버지의 일 년 대상을 치르고 나자 곧 해가 바뀌어 사임당의 나이 스물한 살이 되었다. 이때야 사임당은 서울에 있는 시댁으로 신

행을 떠났다. 혼례를 올린 다음 달을 넘겨 신행을 가면 달묵이, 해를 넘겨서 가면 해묵이라고 했다. 사임당은 아버지의 일 년 소상을 치르느라 두 해나 묵은 후 신행을 떠났다.

상중에 아이를 갖는 건 충분히 부끄러운 일이고 흉이 될 일이지만 그것은 사임당의 처지가 아니라 이원수의 처지에서 살펴볼 일로 부친상이 아닌 장인상 중의 일이면 그다지 개의할 일이 아니었다. 혼례를 치렀으면 당연히 시가의 자손을 잇는 일이 중요하기 때문이었다. 더구나 이원수로서는 아버지가 자신을 낳고 일찍 돌아가 홀어머니 아래 독자로 자랐다. 하루 빨리 후손을 보는 게 효도였다.

사임당으로서는 태어나 서쪽으로 늘 바라보기만 하던 대관령을 이때 처음 남편과 함께 넘었다. 아직 산달이 멀다 해도 아이를 가진 새댁이 강릉에서 서울까지 걸어간다는 건 쉬운 일이 아니었다. 여러 번 서울 걸음을 한 내은산과 힘센 가노 한 사람이 예물 지게를 지고, 서울까지 가는 동안 아이를 가진 사임당의 몸을 보살펴줄 하님과 교전비가 따랐다. 강릉에서 서울이라는 곳은 참 멀기도 하였다. 강릉에서 떠난 지 열흘이 지나서야 서울 시댁에 닿았다.

'여기가 이제 내가 살 곳이구나. 이제 서방님을 잘 모시고, 아이들도 잘 낳아 잘 길러 반드시 훌륭하게 키울 것이다.'

사임당은 시댁 사람들의 안내와 교전비의 부축을 받아 새로 깨끗하게 단장해놓은 방으로 들어갔다. 그 방에서 다시 단장하고 남편과 함께 안내하는 사람들을 따라 또 다른 방으로 들자 아랫목에 시어머니가 만면에 웃음을 띤 얼굴로 단정하게 앉아 있었다. 사임당은 초례를 치른 지 이태 만에야 시어머니에게 며느리로서 큰절을 올릴 수 있었다.

시어머니에게 폐백 인사를 드린 다음 다시 백부님 내외·숙부님 내외·고모님·당숙부님 내외의 순으로 인사를 드렸다. 시댁 어른을 처음 대하는 자리인데도 사임당이 그 자리에서 누가 누구인지 바로 알 수 있는 사람이 셋 있었다. 남편의 고모님과 두 분의 당숙모님이었다.

'아, 이분이 아드님이 별시에 급제했다는 고모님이구

나. 그리고 이분이 함경북도 병마절도사로 나가 계시는 작은댁 둘째 당숙(이기) 어른의 부인이시구나. 옆에 앉아 계시는 분이 형보다 두 살 아래인데도 6년이나 먼저 대과에 급제해 지금은 육조 중에서도 가장 권한이 세다는 이조판서로 계시는 어른(이행)의 부인이시구나.'

시고모는 젊은 나이에 돌아가신 시아버지의 누님이었고, 당숙모 두 사람은 남편과 혼례를 치르기 전 아버지가 그 댁에 이런 사람들이 있다, 하고 얘기해주던 두 당숙 이기와 이행의 부인이었다.

같은 도성 안에 살아도 두 분 당숙부들은 조정에 나가 잔치에 올 수가 없었다. 사임당은 어른들 앞에 폐백 인사를 드리며 이제 스물네 살이 된 남편의 지금 모습과 앞으로의 모습에 대해 잠시 생각했다.

손님들이 떠난 다음 시어머니도 아까보다 편하고 자애로운 얼굴로 며느리를 대해주었다.

"그래, 그간 네가 겪은 슬픔이 크구나. 어떤 색시가 우리 집 며느리일까 많이 궁금했는데, 이렇게 아가 얼굴을 보니 내 마음이 다 놓이는구나. 그래, 산달은 언제가 되느냐?"

확실히 어른의 눈은 속일 수 없었다.

"구월이옵니다."

사임당은 누가 듣기라도 할세라 작은 소리로 대답했다. 사임당은 아버지 상중에 아이를 가진 일이 부끄러웠지만, 홍 씨로서는 또 뱃속에 아이를 가지고 있는 며느리가 귀하고 대견해 보였던 것이다. 그것도 대견한 일이지만 시어머니 홍 씨가 아들과 며느리의 얼굴을 보기를 기다린 또 하나의 이유가 있었다.

"너도 아까 얘기를 들었겠다만, 보한이가 과거에 급제했구나."

시어머니가 아들 이원수에게 말했다. 보한이라면 아까 폐백 인사를 올릴 때 보았던 고모님의 아들로 이원수의 고종사촌 형이었다. 현감을 지낸 할아버지는 아들 다섯과 딸 둘을 두었다. 다섯 아들 가운데 셋째 아들인 이원수의 아버지는 일찍 세상을 뜨고, 수원 최씨 집안에 시집을 간 고모의 아들이 최보한이었다.

그는 이원수보다 세 살 위였다. 이태 전 이원수와 사임당이 혼례를 치르던 해 생원 시험에 입격하고, 이태만인 올해 별시 문과에 급제하자마자 바로 선전관으로 뽑혔다고 했다. 선전관은 어가를 앞에서 훈도하는 임무를 맡은 무관으로 장차 무반의 중추적 인물로 성장할 인재들만 그 자리에 발탁했다. 직책의 고하를 막론하고 늘 임금과 가까이 있고, 그런 만큼 임금의 믿음이 절대적인 자리라는 점에서 무반이어도 삼사의 관원들과 마찬가지로 청요직으로 꼽혔다. 비슷한 나이의 아들을 둔 홍씨 부인이 부러워하지 않을 수 없는 일이었다.

"이제 우리 아들도 열심히 공부해서 얼른 과거에 급제해야 할 텐데, 앞으로 네가 애를 많이 써다오."

그날 밤 사임당은 자리에 누워 아까 시어머니가 했던 말과 함께 낮에 보았던 두 당숙모의 모습을 다시 떠올려 보았다. 큰당숙모는 당숙모 때문은 아니지만 당숙모의 부친이 맑게 살지 못해 둘째 당숙 어른이 지금 함경북도 병마절도사로 나가 북쪽의 국경을 든든히 하느라 갖은 애를 쓰면서도 아직도 탐관오리의 사위라는 것 때문에 조정 내직의 청요직에 나가기가 쉽지 않은 것 같다고 했다.

시어머니가 그 얘기를 며느리에게 한 건 남자의 바깥일에 여자 집안의 일도 중요하다는 것을 가르쳐주기 위해서였다.

그리고 아래 작은당숙모는 당숙 어른이 갑자사화 때에도 목숨을 내놓고 바른말을 하고, 지금 임금님의 새 왕비를 맞아들이는 일을 논의할 때 강경한(먼저 내친 신수근의 딸을 왕비로 다시 맞아들일 수 없다는) 주장으로 비록 나중에 조광조로부터 탄핵을 당했어도 사직을 염려한 바른 말들이라 스스로 떳떳해 당숙모 역시 잠시 본 얼굴이지만 그런 남편에 대한 떳떳함과 자부심 같은 게 함께 깃들어져 있는 듯 보였다.

그중에서도 시어머니가 가장 부러워하는 이는 고모였다. 고모는 바로 두 달 전 아들이 별시에 급제하자마자 임금님을 가장 가까운 자리에서 모시는 선전관이 되었으니 목숨을 건 역경을 겪은 끝에 이조판서가 된 작은 당숙의 출세도 부럽지 않을 것이다.

'그래, 나도 이 댁에 시집을 왔으니 이제 남편 뒷바라지를 성심껏 해서 남편도 작은 당숙처럼 세상에 떳떳하게

하고, 어머님도 고모님처럼 기쁘게 해드리자.'

그 생각을 하면서 새벽을 맞이했다.

문헌 기록 없이 전해져오는 일화들

　서울 집에서는 또 한 차례 잔치가 벌어졌다. 강릉에서 새색시가 왔다는 소문을 듣고 이원수의 친구들이 사랑방 가득 모여들었다. 이미 저녁을 먹었고 술상도 한 번 바꾸어 들어왔다.

　"이봐 덕형(이원수의 자), 자네 부인이 서화에 능하다고 했지?"

　"내가 언제 그런 말을 했던가?"

　"무슨 얘기야. 지난해 가을에 왔을 때 빙장어른 상중이라 부인이 지금 강릉에 있지만, 학문을 해서 글씨며 그림 솜씨가 뛰어나다고 말하지 않았던가?"

　그 말이 다시 좌중을 달구었다. 그날 사랑에 모인 친구들이 모두 이원수의 부인이 그냥 언문 정도를 깨우친 것이 아니라 따로 학문을 했다는 말에 놀랐다.『명심보감』이나『내훈』을 읽는 것도 당시 여느 집안의 여자로도 쉽게 할 수 없는 일이었다. 이 자리에 모인 친구들의 부인들도 그랬다. 백성들을 위해 훈민정음을 창제한 세종 임금도 경연에 나아가 신하들에게 여자가 글을 배우면 정사에 참견하고 상관하게 되니 글을 배워서는 안 되고 정사에도 상관해서는 안 된다고 말했다.

"학문을 했다면 어떤 학문을 한 것인가? 그냥 천자문을 배우고『명심보감』정도를 읽은 걸 말하는가, 아니면 우리처럼『논어』,『맹자』도 하고『대학』과『중용』도 하고 그런 건가?"

"얘기를 하자면 좀 복잡하다네."

"아무리 복잡해도 그렇지. 세상에 여자가 사서오경을 아는 일보다 더 복잡한 일이 어디 있겠나?"

"사실은 그게 강릉에 있는 우리 처가의 환경이 그렇다네. 우리 장모님도 외동딸로 태어나 어릴 때부터 다른 집에서는 가르치지 않는 글 공부를 하였다네. 외조부께서 예전에 예순여섯 명을 뽑는 한성 생원시에 입격하신 분이거든."

"그런 분이 가르쳤으면 훈장도 세자시강원 수준이구먼. 그래."

"집안 환경이 그랬던 거지. 그러다 외조부가 돌아가신 다음엔 기묘년의 일로 과거를 단념하신 빙장어른께서 틈틈이 딸들 공부를 확인하였다네. 서화도 따로 선생을 두고 배운 게 아니라 외조부 아래에서 여러 그림을 놓고 따라 그리며 배운 거라네."

그렇게 설명하여도 다들 반은 믿고 반은 믿을 수 없다는 얼굴들이었다.

"그러면 자네보다 학문이 더 높은 거 아니야?"

친구의 말이 아니더라도 실제로 이원수도 혼례를 올린 다음 아내의 학문에 대해 놀랐다. 함께 사는 동안 아내가 갖추고 있는 학문의 깊이를 저절로 알게 되자 대체 이 사람은 언제 이 모든 것을 공부했나, 두려운 마음이 들었던 적도 있었다. 둘이서 책을 놓고 하나하나 문답을 나눈 것은 아니었다. 자신이 서울에서 한 공부와 아내가 외조부 아래에서 공부한 얘기를 하던 중 이원수가 책 속에 나오는 무슨 얘기를 하면 가만히 듣고 있던 아내가 그걸 보충해 거기에 필요한 구절을 다른 여러 경전에서 주석까지 척척 가져다 붙이는데 사서와 오경의 어느 한 부분에도 막힘이 없었다.

"그럼 어디 자네 처 솜씨 한번 구경하세. 우리가 부인을 이 자리로 불러 모실 수 없으니 학문이야 따로 확인할 재간이 없는 거고, 신행 온 부인의 그림 한 점을 이 방으로 넣어달라고 하게."

또 한 친구가 말했다.

"가져온 그림이 있는가?"

"가져온 그림이 없다면 우리가 여기서 술 마시고 얘기하는 동안 한 장을 새로 그리면 되지 않는가? 이 집에 지필묵이야 있을 테니."

한 사람이 제안하자 여러 사람이 부추기듯 동의하고 나섰다. 그다지 틀린 말은 아니지만 이원수로서도 참 난감한 일이었다. 자신이 먼저 꺼낸 말도 아니고, 또 일부러 자랑하기 위해 한 말도 아니지만, 결국엔 자랑처럼 되어

버리고 말아 좀 무례한 부분이 있어도 친구들의 청을 거절할 수 없었다.

혼례를 치른 직후 장인이 살아 있을 때의 일이었다. 아내의 학문에 대해 놀라는 사위의 모습을 보고 장인이 오히려 사위를 위로하듯 이렇게 말했다.

"자네 처가 공부를 할 때 지금은 돌아가신 큰어른께서 자네 처에게 이렇게 말했다네. 여자는 남자들처럼 과거를 보고 재주를 겨루는 것이 아니라서 학문이며 서화가 다 쓸모없는 것 같아도 절대로 그렇지 않다고 말이지. 여자가 학문과 기예를 익히는 일은 그냥 시간이 남고 팔자가 좋아 심심파적으로 하는 일이 아니라 이다음 세상 어딘가에 한 집안을 학문으로 부흥시키는 일로도 그렇고, 또 학문과 기예로 자식을 가르치는 일로도 남자들의 벼슬길보다 더 크게 소용되는 데가 있을 거라고 말씀하셨다네."

그런 아내의 학문 이야기를 어쩌다 친구들 앞에서 하게 되어 이제 아내의 붓놀림으로 그림 한 장을 보자는 말을 들은 것이었다. 친구들의 성화에 이원수는 안방으로 건너가 아내의 그림을 보고 싶다는 친구들의 청을 말했다.

"지금 막 신행 온 새댁인데 제가 아직은 아무 준비가 안 되었다면 아니 될까요?"

"그러면 친구들이 나를 허풍선으로 볼 거요."

그림을 그려 보여주겠다는 약속 없이 남편을 그냥 사랑으로 보내면 다시 성화가 빗발칠 것이고, 결국은 그 성화에 남편의 얼굴도 친구들 앞에 제대로 서지 못할 것이다.

"아직 짐을 풀지 않아 제가 챙겨온 지필묵이 어디에 있는지 모릅니다. 그러니 예전에 서방님께서 쓰시던 지필묵을 꺼내주시고, 서방님은 그냥 사랑에 가 계세요. 그러면 제가 간단하게 요량해보도록 하겠습니다."

사임당은 남편이 찾아준 벼루에 먹을 갈았다. 사임당은 강릉 북평촌 서고에서 귀한 화선지 대신 놋쟁반 위에서 산수화와 수묵 포도화를 연습하던 때를 떠올렸다.

'차라리 그게 나을지도 모르겠다.'

사임당은 먹을 다 간 다음 앞에 놓인 화선지를 옆으로

미뤄놓고 윗방에 대기하고 앉아 있는 시댁 어린 종을 불렀다.

"안에 놋쟁반 큰 게 있느냐?"

"부엌에 있습니다. 새 마님께서 무얼 하시려고요?"

"그걸 물로 닦지 말고 마른 헝겊으로 잘 닦아 가져오너라."

잠시 후 시댁 종이 놋쟁반을 들고 왔다. 옆에 치운 화선지보다 작기야 하지만 이만하면 충분하였다. 사임당은 놋쟁반을 앞에 놓고 다시 한번 크게 숨을 가다듬었다. 그래, 서방님 친구들에게 내가 가진 부족한 재주를 자랑하는 것이 아니라 그때처럼 무언가 아쉽고 모자란 마음으로 그리자. 사임당은 붓을 들어 먹을 듬뿍 찍은 다음 익숙한 솜씨로 쟁반 위에 덩굴째 익어가는 포도를 그려나갔다.

집에서도 놋쟁반에 그림을 연습할 때 한 가지 아쉬움이 있다면 화선지나 비단, 무명 위에 그림을 그릴 때처럼 마음먹은 대로 농담을 제대로 주지 못한다는 점이었다. 종이와 무명엔 농담이 잘 먹혔다. 익은 포도와 익지 않은 포도, 또 같은 송이에 매달려 있어도 절반쯤 익어가는 포도알의 구분이 명확했다. 그러나 놋쟁반에는 농담을 아주 살릴 수 없는 것은 아니지만, 제대로 살려 표현할 수 없었다. 연습할 때에도 그게 아쉬웠지만 아쉬운 대로 그리고 나면 포도알들이 제대로 익지 않은 열매 없이 모두 제대로 익은 듯 알차 보이는 느낌이 들었다. 포도 덩굴도 종이나 무명에 그릴 때보다 단단해 보이고, 잎도 포도송이만큼이나 진해 비가 온 다음 맑게 씻긴 포도 같이 보였다.

"세상에나, 지금 막 덩굴째 따온 포도가 쟁반에 담긴 듯하구나."

시어머니 홍 씨가 감탄하며 그림 한 번 새 며느리의 얼굴 한 번 바라보았다. 시댁의 어린 종도 손을 올려 입을 막고 놀랐다. 사임당은 붓을 놓고 어린 종에게 말했다.

"그냥 내가지 말고 상 위에 얹어서 내가도록 해라. 쟁반도 다른 천으로 덮고."

남편이 내준 화선지에 그리지 않고 놋쟁반에 그린 또 하나의 이유가 있었다. 화선지에 그림을 그리면 황망 간에 잘 그리지도 못한 그림을 누군가 분명 가져가 아무개 부인이 그린 거라고 소문을 낼 것이고, 당장 지금 사랑에 모인 남편 친구들이 모두 남편에게 자신에게도 한 장 그려줄 것을 부탁할 것이다. 사람 좋은 남편은 또 그게 무슨 자랑이나 되듯이 그렇게 하겠노라고 약속할 게 보지 않아도 눈에 선한 일이었다.

시댁의 종이 상 위에 그림을 그린 놋쟁반을 얹고, 그 위에 다시 흰 무명천을 덮어 사랑으로 내갔다. 시어머니는 새 며느리의 그림 솜씨에 놀라면서도 희색이 만면한데 정작 사임당 본인은 남편이 여러 사람 앞에서 한 말 때문에 어쩔 수 없이 그림을 그려 내보낸 것이었다.

또 한 번 사람들 앞에 그림을 그려 보였던 날이 있었다. 북평촌 가까운 곳에 있는 친척 잔칫날, 잔치 뒤끝 여자들만 앉은 자리였다. 그런데 그런 자리에 와서도 그냥 앉지 못하고 뒷자리에서도 일을 해야 하는 사람이 있었다.

진외가 마을에서 온 한 색시가 그랬다. 다들 앉아서 음식을 먹는 틈틈이, 또 생율놀이를 할 때 다과상을 들여오고 내가고 할 때도 색시는 부엌일을 맡은 사람처럼 열심히 일자리를 찾아 살폈다. 그러느라 부엌을 들락거리는 사이 치마에 음식 국물이 묻어 아기 손바닥 크기만큼 얼룩이 졌다.

"아니, 이 일을 어쩌지……"

얼굴이 밝고 명랑하던 새댁은 금방 울상이 되었다. 남의 잔치에 오면서 이웃집 아주머니의 옷을 빌려 입고 온 것인데, 더럽혀진 치마를 그냥 돌려줄 수도 없고, 그렇다고 새 옷감을 끊어 옷을 지어줄 수도 없고, 어쩔 줄 몰라 금방이라도 울 듯한 얼굴로 애를 태우고 있었다. 자리에 모인 다른 사람들도 "모두 저걸 어째?" 하고 걱정만 할 뿐 정작 해줄 수 있는 게 없었다. 그때 사임당이 조용히 나서서 이 댁에 있는 붓과 벼루와 먹을 내달라고 했다. 그리고 그것들과 함께 새댁이 갈아입을 치마를 하나 내달라고 했다. 잔치를 치른 주인집에서 안 입는 치마와 붓과 벼루와 먹을 내오자 사임당이 말했다.

"그 얼룩을 제가 어떻게 요량해볼 테니 우선 이 치마로 갈아입으시고 그 치마를 벗어 이리로 펼쳐 주서요."

새댁이 치마를 갈아입고 얼룩진 치마를 생율판을 치운 자리에 펼쳤다. 사임당은 이마에 땀이 송골하게 맺히도록 정성을 다해 먹을 갈았다. 그리고 새댁이 벗어놓은 치마의 얼룩 자리에 먼저 옅은 농담으로 포도 잎사귀 한 장을 그려내고 그 옆에 다시 진한 먹물로 포도덩굴과 포도송이를 그려냈다. 한여름에 한창 익어가는 포도 몇 송이가 금세 치마폭에 주렁주렁 열렸다.

"아니, 세상에나……."

"그 댁 따님들이 글 공부를 한다는 얘기는 들었지만 그림도 정말 마당가의 포도와 똑같이 그려내네. 저 잎사귀에 벌레가 먹고 구멍이 뚫린 자리까지 똑같네. 포도알도 그렇고."

어깨 뒤에서 사람들이 감탄했다. 사람들의 감탄 속에 사임당은 마지막으로 포도송이 옆에 돌돌말린 넝쿨손을 그려 넣고는 붓을 내려놓았다.

"자리가 어수선하고 급하게 그리느라 제대로 되었는지 모르겠습니다. 그래도 이걸 가지고 치마를 빌려온 댁으로 바로 가지 말고 강릉 도호부 앞의 저자에 가서 파시기 바랍니다. 제 솜씨가 아직 뛰어나지는 않지만, 거리에 내놓지 않고 드팀전에 바로 가져다주어도 치마 몇 감 끊을 값을 쳐줄 겁니다. 그걸로 새 치마를 지어 빌려오신 댁에도 가져다드리고, 아주머니도 새 치마 하나 지어 입으세요."

그때 그 일 이후로는 누구 앞에서도 사람들 보는 데서 글을 쓰거나 그림을 그린 적이 없었다. 그런 걸 서울 시댁에 신행을 와서 남편 친구들이 바라보는 앞에서는 아니지만, 뭔가 시험을 받듯 그림을 그린 것이 사임당 마음 안에 여러 생각이 오가는 것이었다.

다시 강릉 친정으로

사임당은 서울로 신행을 가던 해 가을에 큰아들 선(璿)을 낳고 이태가 지나 아기가 아장아장 걸을 때쯤 남편과 함께 다시 강릉 북평촌으로 돌아왔다. 시어머니가 계시는 서울로 신행을 갔다가 이태 만에 근친을 온 것이었다.

서울에 있을 때도 그랬지만, 강릉에 온 다음에도 남편은 공부를 제대로 하지 않았다. 이제 슬하에 자식까지 두었으면, 그동안 공부를 제대로 하지 못한 것을 반성하면서, 새로 마음을 다잡고 열심히 해야 하는데, 그러지 않고 뭔가 목표도 잃고 의욕도 잃은 듯한 모습을 보였다.

사임당이 생각하기로도 학문이라는 건 자신이 외할아

버지와 공부할 때 그랬듯 선생님과 함께 할 때도 막힐 때가 있는 법이었다. 더구나 혼자 공부할 때는 누군가 앞에서 막힌 데를 뚫어주고 길을 내줘야 하는데 북평촌 처가에 와 있는 이원수에게 장인이 돌아간 다음 그럴 사람이 없었다. 아주 없지는 않았다. 바로 옆에 누구보다 가까운 사람이 있었지만, 그동안 닦은 학문이 아무리 남편보다 앞서고 경전에 이미 통달하였다 하더라도 부부가 유별한 시절에 아내가 남편의 학문을 끌어주고 뚫어주는 것이 쉬운 일은 아니었다.

강릉에 와서 다시 한 해가 지났다. 그 사이 이원수는 어머니가 있는 서울에 한 번 더 다녀왔다. 사임당이 서울로 신행 가던 해 별시 문과에 급제해 선전관이 되었던 고종사촌 최보한이 이미 등용된 관리들 중에서 중국과의 외교에 필요한 인재를 뽑는 이문전시(吏文殿試)에 다시 급제하여 무반에서 문반으로 자리를 옮겨 집안에서 자랑이 대단했다.

"모두 그렇게 하고 계시는데, 서방님은 지금처럼 공부하지 않으면 앞으로 어떻게 하시렵니까?"

"나도 열심히 해야지. 하고말고요."

"그래서 드리는 말씀입니다. 강릉 향교에 가서 공부하는 건 어떻습니까?"

"지금 향교라고 했소? 서울 성균관이고 지역의 향교고 간에 새로 들어온 신참에게 신고식을 치르게 하면서 혹독하게 다루는 걸 당신은 잘 모를 거요."

"저도 예전에 그런 신래침학 풍속이 있다는 얘기를 아버님께 들어서 알고 있습니다. 그런 풍습이 중국에도 있는지『춘추』와『사략』에서 보기도 했습니다."

온갖 학대 끝에 술을 내게 하는 것도 서울 성균관이나 팔도 지역의 향교나 과거에 급제해 들어간 관가나 똑같았다.

아래 이야기 역시 문헌에는 없고 전해져 내려오는 이야기다.

"그럼 내일이라도 당장 서울 어머님 옆으로 가십시오. 서울에 가서서 예전에 공부하시던 곳을 찾아가 다시 공부하십시오. 부디 서방님이 그러길 어머님도 기다리고 계시고, 저도 기다리겠습니다."

억지로라도 그렇게 약속하고 며칠 후 이원수는 괴나리봇짐을 등에 메고 집을 나섰다. 사임당이 큰아들을 안고 대문 앞까지 나가 배웅했다. 그러나 그날 밤, 이원수는 가던 길 중간에 집으로 돌아오고 말았다.

며칠 후 다시 타일러 떠나보냈지만, 이번에도 다음 날 돌아오고 말았다.

"이번에는 왜 또 돌아오셨습니까?"

"억지로 서울로 간다 한들 가서 공부도 안 될 것 같고, 당신이 보고 싶어 금방 돌아오고 말 것 같소."

"그러면 앞으로 공부는 영영 하지 않을 생각이신가요?"

"그러니 어쩌겠소? 내가 당신 곁을 이다지도 떠나기 싫은 걸……."

사임당은 윗목 자수틀 옆에 놓인 반짇고리를 옆으로 당겨놓고, 쪽을 진 머리를 풀어 어깨 앞으로 길게 늘어뜨렸다. 아내의 행동을 가만히 바라보던 이원수가 물었다.

"무얼 하는 거요?"

"이런 사방님을 아이와 제가 어찌 믿고 살 수 있겠습니까? 저는 이제 이것으로 머리를 자르고 산으로 가서 중이 되겠습니다."

사임당은 반짇고리에서 가위를 찾아들고 왼손으로 잡은 머리채 가까이 가져갔다.

"아니, 부인! 무얼 하는 것이오?"

이원수는 깜짝 놀라 가위를 잡은 아내의 손을 잡았다. 그는 자신의 아내가 어떤 사람인지 잘 알고 있었다. 죽어 가는 남편을 살리기 위해 조상 산소 앞에서 손가락을 잘라 기도를 올린 장모의 성정과 결단을 아내는 그대로 닮았다. 이따금 왼쪽 가운뎃손가락의 절반이 없는 장모의 손을 볼 때마다 이원수는 그것이 장모의 성정이기도 하지만 아울러 어머니로부터 그 딸들로 내려온 이 집 여인들의 내면에 흐르고 있는 결기이며, 그 앞에 누구도 함부로 할 수 없는 엄정함이 함께하고 있다는 것을 늘 느끼곤 했다.

"내가 잘못했소. 날이 밝으면 떠나겠소. 떠나서 학문으로 꼭 성공한 다음 돌아오겠소."

이원수는 다시 아내 앞에서 단단히 약속하고, 날이 밝기 전에 다시 공부 길을 떠났다. 그러나 이원수는 공부를 열심히 하겠다는 아내와의 약속을 끝내 지키지 못했다.

셋째 아들 율곡이 태어나다

이듬해 중종 23년(1528년) 나라에서 사임당의 어머니 용인 이씨의 정신을 기려 마을 한가운데에 열녀정각을 세워주었다. 7년 전 남편이 장모의 별세 소식을 듣고 한달음에 강릉으로 달려오다가 무리를 해 목숨이 경각에 달렸을 때 하늘에 단지 기도를 올려 죽어가는 남편을 살린 열녀를 표창한 것이었다. 그것이 북평촌 검은 대숲집 여인의 결기였다.

사임당은 서울에서 공부하는 남편을 위해 북평촌 친정에서 나와 대관령 너머의 봉평 백옥포리에 작은 거처를 마련했다. 떠날 때는 10년 공부를 약속하고 갔지만, 결국은 그 다짐과 의지도 흐지부지되어 서울과 강릉을 오가는 게 이원수의 일이 되고 말았다.

사임당이 거처를 강릉 북평촌에서 봉평으로 옮긴 것은 그곳에 무슨 연고가 있어서가 아니었다. 서울과 강릉을 자주 왕래하는 남편의 수고를 덜어주기 위해서였다. 그럴 시간이라도 아껴 공부를 하기 바라는 마음으로 서울에서 공부하는 남편도 챙기고 강릉에 있는 친정어머니도 외롭지 않게 자주 내려가 볼 수 있는 중간 지점이 봉평이었다.

사임당이 봉평에 거처를 마련하고 사는 동안 거기에 또 전설과도 같은 이야기가 전해져 내려오고 있다. 이원수와 사임당 사이에 아들 둘 딸 둘을 낳고, 다섯 번째 자식으로 율곡을 낳기 바로 전의 일이었다. 사임당의 나이 서른셋, 이원수의 나이 서른여섯 살 때의 일이었다.

서울에 올라가 공부를 하던 이원수는 어느 날 문득 아내가 보고 싶었다. 이원수는 공부를 하다 말고 무엇엔가 이끌리듯 급히 괴나리봇짐을 꾸려 아내와 아이들이 살고 있는 봉평으로 길을 떠났다. 한시가 급한 걸음으로 부지런히 길을 걸어 나흘 만에 방림 운교역을 지나 대화에 닿았다. 봉평 백옥포리까지 삼십 리를 앞두고 날이 저물고 말았다.

이원수는 대화마을에서 잘까 아니면 그대로 밤길을 걸어 봉평으로 갈까 망설이다가 내처 길을 걷기로 했다. 그러다 대화마을을 막 벗어난 산속 길옆 어느 집에서 새어 나오는 불빛에 이끌려 더 이상 걷지 못하고 그 집의 문을 두드렸다. 그러자 마치 이원수가 그 집으로 오기를 기다렸다는 듯이 곱게 단장한 젊은 주인 색시가 그를 맞이했다. 색시는 이원수에게 방을 내주고는 잠시 후 주안상을 차려들고 이원수가 머무는 방으로 들어왔다.

"어인 일이오?"

"제가 선비님께서 오시길 기다리고 있었습니다."

여인은 이원수에게 술을 권하며 자신과 하룻밤 인연을 맺어주기를 원했다. 그러나 여인이 자신에게 감겨들며 추파를 보낼수록 이원수의 눈앞에는 아내의 얼굴이 떠올랐다. 평소처럼 근엄하고 어딘가 대하기 어려운 엄처의 얼굴이 아니라 지금 이 밤길에라도 당장 달려가 보지 않을 수 없는, 초례를 치르던 날의 곱고도 수줍던 새색시의 얼굴이었다. 이원수는 여인으로부터 받은 술잔을 상위에 가만히 내려놓고, 한쪽에 개어두었던 두루마기를 챙겨 입고, 윗목에 밀쳐둔 괴나리봇짐을 다시 어깨에 메었다. 그런 이원수의 태도에 여인이 눈물을 흘리며 물었다.

"선비께서는 어찌 이리 박정하시오니까?"

"아니, 내가 박정해서가 아니오. 지금 나도 모르게 내 안에 나를 시키는 무엇이 있소. 색시에게는 미안하오만 내가 이 밤에 꼭 가야 할 곳이 있소"

이원수는 그 집에서 나와 한달음에 백옥포리 집에 닿았다.

그때 한편으로 사임당 역시 봉평 백옥포리 집에 있다가 아이들을 모두 데리고 어머니를 보러강릉 복평촌으로 갔다. 친정에 머물러 있던 어느 날 사임당은 잠을 뒤척이던 새벽에 꿈을 꾸었다. 갑자기 바닷속에서 한 선녀가 물밖으로 나와 자 신에게 백옥같이 흰 옥동자를 안겨주는 것이었다.

사임당은 바로 잠에서 깨어났다. 생각할수록 참으로 기이한 꿈이었다.

사임당은 데리고 온 아이들을 그대로 친정에 둔 채 새벽에 혼자 길을 나섰다. 강릉에서 봉평까지 보통은 사흘 걸음이었다. 그러나 사임당은 새벽 동트기 전에 집을 나서 그날 하루 만에 대관령을 넘어버렸다. 그리고 다음 날 다시 부지런히 걸어 저녁 때 백옥포리 집으로 돌아왔다. 이틀이나 험한 산길을 힘들게 걸어 집으로 오자 혼곤하게 잠이 쏟아졌다. 그렇게 얼마나 잤을까. 잠결에 꿈인 듯 생시인 듯 누군가 마당에 들어와 문고리를 흔들었다.

"나요, 부인."

이제까지 그런 식으로 서울에서 오면 저 양반이 왜 공부를 열심히 하지 않고 또 왔을까 싶은 남편이 너무도 반가운 얼굴로 문밖에 서 있었다.

"어서 오십시오. 어디에서 오시길래 이리 깊은 밤 집에 오시는지요?"

사임당은 남편을 반가이 맞아들였다.

"서울에서 오는 길이오. 중간에 대화에서 잠을 자야 하는데, 누가 오늘 밤 잠은 집에 가서 자라고 해서 지금 이렇게 한밤중에 오는 길이라오."

그렇게 두 사람은 백옥포리의 깊은 밤, 14년 전 강릉 북평촌에서 혼례를 치르던 첫날처럼 반가이 만났다.

며칠이 지난 어느 날, 이원수는 다시 서울로 공부를 하러 떠났다. 떠나던 중에 지난번 대화에서 겪은 일이 하도 괴이하여 일부러 그 집에 들러보았다. 그러자 이번엔 도리어 색시 쪽에서 이원수를 냉랭하게 대하는 것이었다.

"이제는 일 없습니다. 제 집에서는 재워드릴 수 없으니 그냥 가던 길을 가십시오."

"대체 무슨 일인지 알기나 합시다."

이원수가 말하자 여자가 입을 열었다.

"지난번 일부터 말씀드리지요. 그날 제가 선비께 그랬던 것은 한갓 아녀자의 정욕 때문에 그랬던 것이 아닙니다. 전날 저는 꿈을 꾸었고, 꿈속에서 한 스님이 이곳을 지나는 귀인을 꼭 잡으라고 알려주었습니다. 그래서 낮부터 준비하고 기다렸는데, 그날 밤 과연 제 집에 들르신 대인의 얼굴에 광채가 났습니다. 그건 분명히 나중에 천하에 이름을 떨칠 귀한 아드님을 얻으실 얼굴이었습니다. 그래서 제가 대인으로부터 그 아들을 받을 생각을 했던 것입니다. 아마 그날의 귀한 아드님은 지금 부인의 뱃속에 계시겠지요."

"그럼 지금 내 얼굴은 어떻소?"

"이제는 대인이 아니라 그냥 부드럽고 호탕한 평소 선비님의 얼굴입니다."

이원수는 언제나 유유자적하고 성격 좋은 사람이었다. 이원수는 다시 길을 재촉하여 서울로 갔다. 강릉 지역에 구전으로 전해져 내려오는 이야기다.

그리고 그해 섣달 스무엿샛날 이원수의 부인 사임당이 아이를 낳으니 그가 바로 후일 이 나라의 대현으로 불리는 율곡 이이였다. 아이를 낳던 날 밤에도 사임당은 기이한 꿈을 꾸었다. 밤에 잠이 들었는데 꿈에 동해로부터 검은 용이 날아들더니 북평촌 검은 대숲집의 대문을 넘어 사임당이 머무는 별채 제일 오른쪽 방으로 들어오는 것이었다. 이원수는 아내가 꿈에 용을 보고 낳은 아이라고 해서 아기 이름을 현룡(見龍)이라고 지었다.

율곡의 어린 시절

동서를 막론하고, 역사에 이름을 떨친 훌륭한 인물들은 어려서부터 늘 남다른 데가 있다. 그렇게 태어나기도 하고, 또 그렇게 만들어져 기록되기도 한다.

현룡이 세 살 되던 해 가을의 일이다. 외할머니 용인 이씨가 뒤뜰에 잘 익은 석류를 가리키며 이것이 무엇 같으냐고 물었다. 현룡은 자신이 어른들로부터 들은 시의 한 구절로 대답했다.

"석류피리쇄홍주(石榴皮裏碎紅珠). 석류 껍질 속에 붉은 구슬이 부서져 있어요."

세 살이라고 하지만, 생일이 섣달 스무엿새여서 아직 두 돌도 되지 않은 아기였다. 이제 막 말을 배우고 익히는 아기 입에서 누군가 들려준 고시 구절이 그대로 나온 것이었다. 조선시대 사대부들은 어릴 때부터 시를 쓰는 것을 교양의 한 과정이자 교육의 한 과정으로 여겨 자녀가 어릴 때부터 자녀들에게 동몽시(아동시)를 장려했다.

현룡이 네 살 때의 일이다.

어느 친척 어른이 외할머니에게 인사를 왔다가 할머니 방에서 책을 보는 현룡에게 물었다.

"무슨 책을 보고 있느냐?"

현룡은 어른에게 책을 보여주었다.

"아니, 네가 몇 살인데 벌써 『사략』을 보느냐?"

외할머니가 친척 동생에게 여기 온 김에 한 구절을 알려주고 가라고 말했다. 현룡이 보고 있던 대목은 제나라 위왕 이야기였다. 진외가 어른이 가만히 책을 당겨 '齊威王初不治諸侯皆來伐'이라고 쓰여 있는 부분을 읽으며 '제나라 위왕이 처음에 제후들을 잘 다스리지 못하여 모두 와서 쳤다'라고 해석해 주었다. 한문은 구절을 잘 떼어서 읽어야 하는데 진외가 어른은 '齊威王初不治諸侯(제나라 위왕이 처음에 제후들을 잘 다스리지 못했다)'에서 구절을 떼었다. 현룡은 그런 어른을 가만히 보기만 하고 따라 읽지 않았다.

"왜 그러느냐?"

어른이 물었다.

"어르신께서 잘못 읽으시는 것 같아서요."

현룡은 지금 할아버지가 읽은 글에서 뒤에 제후(諸侯)까지 가지 말고 제후 바로 앞의 '齊威王初不治(제나라 위왕이 처음에는 정치를 잘하지 못했다)'에서 구절을 떼어야 하지 않느냐고 되물었다.

"그럼 어떻게 되느냐?"

"거기를 떼어 읽으면 '제나라 위왕이 처음에 정치를 잘하지 못해서 제후들이 모두 와서 쳤다'가 됩니다."

"그러니까 제후들을 잘 다스리지 못해서 그들이 와서 친 게 아니라, 정치를 잘하지 못해서 제후들이 와서 쳤다, 이렇게 되는 거냐?"

"그렇습니다."

"오, 그래. 이걸 누구에게 배웠느냐?"

"어머니에게 배웠습니다."

"어머니에게?"

"예."

"집안에서 얘기는 들었다만, 네가 가학(家學)으로 집안에 큰 스승을 모시고 있구나. 서당 공부가 아무리 중요하다 하더라도 가학을 따라갈 수 없다고 했는데, 너야말로 앞으로 큰 학문을 이룰 것이다."

할머니의 친척 동생이 어린 현룡을 칭찬하고 일어섰다.

율곡은 다섯 살이 될 때까지 어머니 아래에서『정속』·『유학자설』·『소학』을 배우고『사략』을 읽으며『대학』을 배워나가기 시작했다. 마을에 신동이라는 소문이 자자했다. 오랜 세월을 두고 전해지는 얘기라, 또 이율곡을 받들기 위한 얘기라 전체적으로 과한 부분이 없지 않지만, 그러나 요즘도 서너 살에 대학 과정의 수학 문제를 거침없이 풀어내는 천재들이 있지 않은가.

정말 이 아이를 어떻게 키워야 할지 몰라 사임당은 기

쁘면서도 마음이 무거웠다.

사임당의 어머니가 자식들에게 노비를 나누어주다

사임당은 봉평에서 강릉으로 내려올 때는 이제 어머니 곁을 떠나지 않고 처음 혼례를 올릴 때 아버지가 말한 것처럼 그렇게 어머니를 모시고 살리라 생각했다. 그러나 더 이상 그럴 수 없는 시간이 다가왔다. 파주에 있는 시어머니가 연로해 이제 강릉을 떠나 그곳으로 가 집안의 살림을 맡아야 했다. 만약 남편이 외아들이 아니어서 어머니를 모실 형제가 있었다면 어쩌면 사임당은 남편과 함께 예전 아버지와 어머니가 그랬듯 강릉 북평촌 검은 대숲집의 다섯 번째 주인이 되었을지도 모른다.

지난봄, 이제는 강릉에서 파주로 와 살림을 맡으라는

시어머니 홍 씨의 전갈을 받았다. 사임당으로서도 준비가 필요하고, 아들 같은 둘째 딸을 떠나보내는 용인 이씨로서도 준비가 필요했다.

사임당이 서울로 떠나오기 며칠 전이었다. 그날 방에는 용인 이씨와 다섯 명의 딸들과 다섯 명의 사위가 둘러앉았다. 용인 이씨 바로 옆에는 작은 상을 펴고, 그 위에 분깃문기를 작성하기 위한 지필묵을 갖추고 얼외사촌 최난손이 앉았다. 그는 예전에 이 집 주인인 신명화가 위중할 때에도, 또 신명화가 서울에서 강릉으로 오던 중 지평에서 세상을 떠나 그곳에서 장례를 치를 때에도 용인 이씨 옆에서 많은 일을 도왔다.

용인 이씨는 지난해 환갑이 지난 62살이었고 둘째 딸인 사임당은 38살이었다. 이씨가 다섯 딸과 다섯 사위를 모이게 하고, 얼사촌 최난손을 불러 지필묵을 준비하게 한 것은 둘째 딸이 이제 아이들과 함께 서울로 떠나기 전에 이씨 자신이 가지고 있는 재산 가운데 먼저 노비를 자식들에게 나누어주기 위해서였다.

그날 이씨가 다섯 딸과 두 외손자에게 나누어준 노비는 173구였다. 이제 나이 든 이씨가 관리하기 편한 강릉 지역의 노비 절반만 남기고 나머지를 모두 다섯 딸에게 고루 나누어주었다. 노비를 나누어주는 방식은 이랬다. 며칠 동안 얼사촌 최난손의 도움을 받아 6도 19개 고을에 흩어져 있는 노비 137구의 거주 지역과 가족관계, 남녀의 성별, 나이를 감안해 29구에서 35구까지 다섯 몫으로 나누었다.

강릉에 있는 내은산의 가족과 같은 솔거노비 몇을 빼고는 모두 1년에 주인에게 면포 두 필을 바치는 신공노비들이었다. 만약 아들딸 셋을 둔 노비 부부라면 일 년에 주인집에 바쳐야 할 면포는 열 필이었다. 한 개인으로 보면 그다지 무겁지 않아 보이지만, 어린아이를 포함하여 가족으로 보면 매우 버거운 신공이었다.

용인 이씨가 나누어준 노비는 첫째 딸 35구, 둘째 딸 32구, 셋째 딸 33구, 넷째 딸 34구, 다섯째 딸 29구였다. 노비를 지역적으로 구분하다 보니 큰딸처럼 받은 노비의 수가 많으면 그 중엔 아직 어리거나 늙은 노비가 좀 더 많이 포함되어 있었고, 막내딸처럼 받은 노비의 수가 적으면 상대적으로 15살에서 40살 사이의 젊은 노비가, 그것도 젊은 여자 노비가 많았다. 노비가 혼인하여 아이를 낳으면『경국대전』에서 정한 법에 따라 어미 쪽 주인의 소유가 되기 때문이다.

용인 이씨는 딸들에게 노비를 나누어주며 그 노비를 예전 누구에게서 받았는가에 따라 남편 신명화 집안 쪽에서 전해져 내려온 노비면 '가옹 변전래'라고 적고, 자신의 친정 쪽에서 내려온 노비면 '자의(自矣, 이두문자로 나의) 변전래'라고 적었다.

그날 신씨의 자매들만 재산을 나누어 받은 것이 아니었다. 이제 여섯 살 된 율곡과 그해에 막 태어난, 넷째 딸의 아들 권처균도 봉사조와 배묘조로 재산과 노비를 물려받았다. 중요한 것은 그날 용인 이씨가 작성한 분깃문기에 율곡과 운홍(넷째 딸의 아들)의 이름이 들어 있었다는 점이었다. 운홍은 그해에 막 태어난 아기인데, 용인 이씨가 아직 핏덩이 같은 외손에게 북평촌의 집까지 주어가며 후일 자신과 남편의 산소를 돌볼 배묘조를 맡긴 것은 둘째 딸인 사임당이 강릉을 떠나 서울로 가면 넷째 딸이 그 빈자리를 채우듯 들어와 함께 살기 때문이었다.

이제 막 태어난 외손 운홍에 대한 믿음이 아니라 이제 부터 한집에 들어와 살게 되는 넷째 딸에 대한 믿음이었 다. 그리고 운홍에게 맡긴 배묘조의 임무 속에는 지금 지 평에 있는 남편의 산소를 자신이 죽기 전에 강릉 북평촌 가까이 옮기는 것도 포함되어 있었다. 그것은 운홍과, 봉 사조를 맡은 율곡에게 함께 주어진 임무이기도 했다.

그러나 그렇다 하더라도 용인 이씨는 자신과 남편의 제사를 왜 율곡에게 맡겼을까? 산소를 돌보는 일을 맡긴 운홍은 이제 막 태어난 아기여도 넷째 딸의 큰아들이지 만, 율곡에게는 그때 이미 열여덟 살 된 큰형과 열한 살 된 둘째 형이 있었다. 그것은 외할머니로서 용인 이씨의 마 음속에 위에 두 손자보다 나이는 어리지만 자라는 동안 옆에서 보살피며 지켜본 율곡에 대한 믿음이 더 컸기 때 문이었다. 두 돌도 되지 않은 아기였다.

사임당이 대관령을 넘으며

사임당은 늙은 어머니를 두고 서울로 가게 되어 마음이 많이 무거웠다. 그래도 북평촌 가까이 살고 있는 넷째 동생 내외가 어머니 혼자 있는 집으로 들어와 살게 된 것이 여간 다행스럽지 않았다. 서울로 가기 전 사임당은 이제 자기 대신 어머니를 모시게 된 넷째 동생에게 꼭 마음의 정표를 선물하고 싶었다.

사임당은 산수도 한 점과 포도도 한 점, 색조를 넣어 그린 초충도 몇 점, 그리고 제일 마지막으로 쓴 초서 휘호 여섯 점을 이제 자기 대신 오죽헌에 들어와 어머니를 모시고 사는 넷째 동생에게 주었다.

병풍 속의 시 가운데 이별의 마음을 담은 시 한 편을 보면 이렇다. 당나라 시인 대숙윤의 '고명부를 작별하다'라는 시였다.

江南雨初歇(강남우초헐)

山暗雲猶濕(산암운유습)

未可動歸橈(미가동귀요)

前溪風正急(전계풍정급)

강남에 비 그쳐 이제 막 개었지만

산은 어둑하고 구름도 젖은 채로네

아직 노 저어 돌아가지 못할 것 같네

앞 냇물의 바람이 정말 거세다네

원작에서는 아직 노 저어 돌아가지 못할 것 같은 이유가 '앞 냇물의 바람이 정말 거세어서(前溪風正急)'가 아니라 '앞길의 풍랑이 거세어서(前程風浪急)'다. 시의 흐름을 보아 사임당이 원작을 잘못 알고 쓴 것이 아니라 일부러 원작의 시를 북평촌 검은 대숲집 앞의 풍경처럼 '앞길의 풍랑'을 '앞 냇물의 바람'으로 바꾸어 쓴 것이었다.

문장의 한 부분을 바꾸거나 가볍게 비틀은 것 같지만, 그러나 전체 시의 의미와 향기를 그대로 살리며 이렇게 하기가 쉬운 것이 아니다. 이것은 사임당이 대가의 원작 시가 주는 여운과 향기를 그대로 살리며 자신의 심경을 그 속에 한 번 더 담아내어 변형할 정도로 학문과 시에도 그만큼 조예를 갖추었다는 뜻이다. 그렇게 초서 휘호 여섯 점과 다른 그림들을 그려서 넷째 동생에게 선물했다.

며칠 후 사임당은 강릉에서 쓰던 세간살이 중에 긴요한 것만 챙겨 서울로 떠났다. 오래전 서울로 신행을 가서 이태 동안 산 적이 있고 봉평에서 산 적도 있지만, 혼례를 올린 지 햇수로는 20년 만에 아주 강릉 북평촌을 떠나 서울로 가는 것이었다.

"이제 떠나겠습니다. 어머니, 늘 건강하시고 몸조심하세요."

사임당은 친정어머니 용인 이씨에게 허리를 숙여 마지

막 인사를 올렸다.

"그래. 더운데 너도 멀리 가는 길에 몸 조심해라. 아이들도 잘 거두고."

친정어머니 용인 이씨가 대문 밖으로 나와 딸의 인사를 받았다.

"내 나이가 예순둘인데, 이렇게 가면 너를 다시 볼 날이 있을지 모르겠구나."

그 말에 사임당도 울고 어머니도 울고 지켜보는 다른 자매들도 울었다.

강릉에서 쓰던 짐을 실은 우차를 끌고 가는 길이라 북평촌에서 큰길이 난 도호부 쪽을 거쳐 첫날 저녁 무렵 대관령 가마골 아래에 있는 길손집에 닿았다. 다음 날 이른 아침부터 다시 우차를 끌고 밀며, 대관령 아흔아홉 굽이를 걸어 올랐다. 그러다 구산역과 횡계역의 중간쯤 되는, 대관령 한 중턱인 반정에 닿았다.

떠나온 지 이제 겨우 이틀 되었는데 그곳에 서서 바닷가 쪽을 바라보니 다시 돌아가기 쉽지 않다는 생각에 벌써 아득한 느낌이 들었다. 북평촌에서 서쪽을 바라보면 대관령의 제일 높은 봉우리와 그보다 조금 낮은 곳에 있는 고갯길의 정상이 첫눈에 보이는데, 반대로 대관령에서 아래쪽을 내려다보면 올망졸망한 산들 사이로 저 멀리 호수 옆의 북평촌이 아득하게 보였다. 예전 젊었을 때 서울로 신행을 갈 때와도 마음이 달랐고, 봉평에 거처를 마련하고 강릉으로 오갈 때와도 마음이 달랐다.

이제 저 고개를 마저 넘어가면 다시 돌아보기 어려운 고향이었다. 사임당은 반정에서 걸음을 멈추고 쉬는 동안 혼자 생각했다. 우리 마음의 고향이 어디던가? 그곳은 바로 어머니가 계신 곳이 아니던가. 그러다가 어머니가 돌아가시면 그때는 마음속의 고향마저 사라지고 마는 것이 아니던가. 그러자 왠지 왈칵 서럽고도 슬픈 생각이 밀려들었다. 거기에 흰 구름 몇 점까지 대관령 굽이길에 흰 띠처럼 드리워져 있었다. 사임당은 자신이 고개를 다 넘기 전에 저 구름이 어머니가 계신 곳을 가릴까 봐 그것도 마음 졸였다.

사임당은 저 멀리 북평촌에 두고온 어머니 생각에 저절로 마음이 복받쳤다. 산 아래의 눈길까지 아득한 북평촌을 바라보며 남편과 아이들 모르게 눈물을 짓고 난 다음 사임당은 마음속으로 시 한 수를 지었다.

慈親鶴髮在臨瀛(자친학발재임영)
身向長安獨去情(신향장안독거정)
回首北村時一望(회수북촌시일망)
白雲飛下暮山靑(백운비하모산정)

늙으신 어머니를 임영(강릉)에 두고
외로이 홀로 서울을 가는 이 마음
돌아보니 북평촌은 아득도 한데
흰 구름만 저문 산을 날아 내리네.

이 시의 마지막 연에 나오는 백운(白雲)은 그냥 흰 구름이 아니다. 당나라의 뛰어난 재상 적인걸이 태항산에 올라가 흰 구름을 바라보며 "저 구름 아래 아버지가 계신다" 하고 서 있다가 구름이 옮겨간 뒤에야 그곳을 떠났다는 고사를 시 속에 인용한 것이다. 앞에 예를 든 당나라 시인 대숙윤의 '고명부를 작별하다'를 한 구절을 바꿔 쓴 것과 마찬가지로 이것 역시 사임당이 단순히 시문에만 능한 것이 아니라 이 태항산 고사가 실려 있는 『당서』와 열전 등에 해박한 지식을 가지고 있다는 뜻이기도 하다. 이는 시 한 줄로도 사임당의 학문과 지식 수준을 짐작할 수 있는 부분이다.

서울로 오는 중간 지평을 지날 때의 마음 역시 무겁고도 무거웠다. 그곳에서 사임당은 적두산을 향해 절한 다음 어린 율곡에게 말했다.

"위의 형들도 그렇지만, 이다음 외할아버지 제사를 맡은 현룡이는 더욱 잘 봐두어라. 여기가 외할아버지의 산소가 있는 곳이다. 나중에 네가 강릉의 운홍이와 함께 이 산소를 외가 근처로 옮겨야 한다. 할머니가 오래 사시면 살아생전에 옮겨야 하고, 할머니가 돌아가시면 나중에라도 할머니 산소 옆으로 옮겨야 한다."

"예, 어머니."

어린 율곡이 입술을 꼭 깨물 듯이 대답했다.

강릉에서 온 우차가 멈춰 선 곳은 수진방(지금의 청진동)에 있는, 예전 신명화의 집이었다.

이율곡이 화석정과 경포대에 남긴 시와 부

　　사임당의 눈에 셋째 아들은 자라는 모습이 확실히 예
사롭지 않았다.

　　율곡은 여덟 살 때 선대부터 터전을 이루어온 파주 율
곡원에 가서 그곳 임진강 기슭에 있는 화석정 정자에 올
라 시 한 편을 지었다.

　　林亭秋已晩(임정추이만)

　　騷客意無窮(소객의무궁)

　　遠水連天碧(원수연천벽)

　　霜楓向日紅(상풍향일홍)

　　山吐孤輪月(산토고윤월)

江含萬里風(강함만리풍)

塞鴻何處去(새홍하처거)

聲斷暮雲中(성단모운중)

숲속 정자에 가을이 이미 깊으니

시인의 생각도 끝이 없어라

멀리 보이는 저 물빛은 하늘에 이어져 푸르고

서리 맞은 단풍은 햇볕을 받아 붉구나

산은 외롭게 생긴 둥근 달을 토해 내고

강은 만 리에서 불어오는 바람을 머금었네

변방에서 날아오는 저 기러기는 어디로 가는가

울음소리 저무는 노을 속에 끊기네

이것이 과연 여덟 살 먹은 아이가 지은 시일까? 당대에도 천재 소리를 듣던 율곡이니 가능했는지 모를 일이다.

율곡이 열 살 때의 일이다. 강릉에 있는 외할머니 용인 이씨가 인편에 현룡이가 얼마큼 컸는지도 보고 싶고, 또 당부할 일이 있다는 내용의 서찰을 서울로 보내왔다. 사임당도 4년 전 헤어져 온 고향집과 어머니가 보고 싶었다. 사임당은 서울에서 강릉까지 7백 리 길을 이제 저 혼자 걸을 수 있는 현룡을 데리고 친정 나들이를 떠났다.

모자가 강릉 북평촌에 머무는 동안 현룡이 경포대의 정자에 올라 그 앞의 맑은 호수와 동해를 바라보며 「경포대부」를 지었다.

"한 기운이 유통하는 조화가 맺기기도 하고 녹기도 해서 그 신비함을 해외에 벌려놓았는데 그중에서도 청숙함을 산동에 모았도다. 호수는 바다에서 나뉘어 한 개의 차가운 거울처럼 맑고 신선이 사는 봉도에서 예까지 두어 점 푸른 봉우리가 펼쳐졌구나."

그 시절 세상의 중심은 당연히 중국이어서, 조선 땅에서 태어난 소년의 시각으로도 우리나라는 중국의 바다 건너 '해외'로 표시되는 것이 당연했다. '산동'이라는 말도 중국의 산동 지역이 아니라 중국으로부터 '바다 건너 산동'

으로 우리나라 태백산맥의 동쪽인 강릉 지역을 말한다.

"여기에 한 누각이 호수 가까이 있어 마치 발돋움하는 자세로 날아갈 듯하다. 비단 창문에 서늘한 바람이 불어오고 아침 햇빛은 푸른 하늘에서 비춰주네. 정자에 오르면 아래로는 땅이 아득해 성곽을 보고서야 겨우 분별되고, 위로는 하늘로 치솟아 별을 잡아 어루만질 듯하다. 경계는 속세 바깥이요, 땅은 선경에 든 듯하다. 호수 물결엔 두루미 등 뒤로 달이 잠겨 있고, 난간은 뱃머리 바람을 받아들인다. 길 가는 사람들이 다리를 건너면 긴 무지개가 물속에 박힌 것처럼 보이고 신선 궁궐이 구름결에 솟아오르니 흡사 신기루가 허공에 뜬 것 같구나."

그리고 경포대의 봄·여름·가을·겨울 이야기와 그 풍경 속에서의 장자 이야기가 다음과 같이 이어진다.

"장주(장자)는 내가 아니고 나비는 실물이 아니니 생각건대 꿈도 없고 진실도 없으매, 보통 사람이라고 해서 없는 것도 아니고 성인이라고 해서 있는 것도 아니거늘 마침내 누가 득이고 누가 실이겠는가."

　이게 70에 이른 노사(老師)의 글도 아니고, 공부하는 학동들을 앞에 앉혀둔 50세 훈장의 글도 아닌, 이제 열 살 된 소년의 글이었다. 이 열 살 소년은 또 글 속에서 이렇게 말한다.

　"우리 인생이란 바람 앞의 등불처럼 짧은 백 년이고, 몸은 넓은 바다의 한 알 좁쌀 같은 존재라 여름 벌레가 겨울의 얼음을 의심하는 것이 가소롭고, 달인도 고독을 당할 때가 있다."

　10세 소년의 「경포대부」 안에는 『장자』의 「소요유」 편, 『논어』의 「선진」 편과 「술이」 편, 송나라 범희문의 악양루 기문, 춘추시대 진나라 대부 조맹의 고사, 진나라 도연명의 사시시, 조나라 양왕의 바람에 얽힌 고사를 적은 송옥 풍부, 유공권이 당나라 문종과 더불어 지은 하일장, 진서 문원에 나오는 장한에 얽힌 고사, 소동파의 적벽부, 왕희지가 눈 오는 밤에 흥을 못 이겨 친구를 찾아간 고사, 매화를 아내로 학을 자식으로 삼은 송나라 임포의 고사, 당나라 최초의 등황학루시, 당나라 왕발의 등왕각서, 후한서의 양수전, 노나라 은공의 고사, 제갈량의 은거에 대한 고사, 주나라 태공망에 대한 고사, 문선에 나오는 손작의 유천태산부, 위나라 왕찬이 고향을 그리워하며 지은 등루부 등이 문장마다 섞여 있거나 인용되어 있다.

이쯤 되면 소년이어도 소년이 아닌 것이다.

사임당의 나이 마흔두 살 때의 일이다. 이 무렵 사임당의 삶과 형편을 살펴보면 이 해(1545년, 명종 원년)까지도 남편 이원수는 아직 과거의 초시에도 입격하지 못했다. 사임당의 시가인 이원수 집안에만 여러 일이 있었다.

이 무렵 이원수의 당숙 이기는 문정왕후의 오빠와 동생인 윤원로·윤원형 형제와 더욱 가까이 지내기 시작하며 윤원형의 도움으로 병조판서와 우의정을 겸임하였다. 그와 때를 같이하여 조정에 또 한차례 피바람이 불었다. 이기는 윤원형의 입맛대로 윤임, 유관, 유인숙 등 대윤파를 몰아내고 그간 자신을 뇌물을 받은 장리의 사위라고 반대해온 사람들을 모조리 처벌해나갔다.

　이원수의 고종사촌인 최보한 역시 이기와 윤원형을 도와 대윤파를 제거하는 일에 앞장서 2등 공신으로 책록되고, 이조판서가 되었으나 이기와 더불어 당연히 세간의 평이 좋지 않았다. 이원수가 이제까지 무관 체아직인 호분위 부사정에서 문관직인 내섬시 주부(각 궁에 올리던 토산물 등을 관리하는 관서의 문서를 주관하던 종6품 관직)으로 벼슬을 바꾼 것도 고종사촌 최보한이 육조 중에서 가장 힘이 세다는 이조판서로 있던 때다. 이원수도 과거에 계속 떨어져 관직에 나가지 못해서 않아서 그렇지 충분히 나쁜 무리 속에 휩쓸릴 수 있는 환경이었다. 후대의 기록에 따르면 사임당이 남편 이원수에게 "당숙 댁에 출입하는 것을 삼가라"라고 한 것이 바로 이 무렵부터일 것이다.

열세 살 때 진사시 초시에서 장원한 이율곡

1548년(명종 3년) 가을.

새벽이어도 천고마비라는 말이 저절로 떠오를 만큼 가을 하늘은 참으로 맑고 높았다. 스물다섯 살의 큰아들과 열여덟 살의 둘째 아들, 그리고 열세 살의 셋째 아들이 진사 시험의 초시를 보러 가는 날의 아침이었다.

과거를 보기 열흘 전의 일이었다. 이번 가을에 생원 진사과의 초시가 치러진다는 방이 한 달 전에 붙자 큰아들 선과 둘째 아들 번이 함께 녹명소(과거를 보기 위해 이름을 올리는 곳)로 갈 준비를 했다. 과거는 시험을 보기 전에 녹명소에 먼저 시험 볼 사람의 이름을 올려야 응시할 수 있었다. 이때 너무 많은 사람이 몰려와 앞에서 말한 것처럼『소학』배강으로 사람을 추려냈다.

"저도 형님들 따라갈래요."

셋째 아들 율곡이 말했다.

"네가?"

어머니 사임당도 그렇게 묻고 위의 형들도 그런 얼굴이었다. 그간 닦아온 학문의 넓이와 깊이를 떠나 다들 너무 빠른 것 아니냐는 생각을 하고 있었다. 사임당이 큰아들을 불러 말했다.

"동생이 저토록 가보고 싶어 하는데 네가 데리고 가도록 해라."

그렇게 셋째 아들도 위에 두 형을 따라 녹명소로 갔다. 생원시든 진사시든 초시를 보기 위해서는 미리 녹명소에 가서 자신의 성명과 본관과 거주지는 물론, 아버지, 할아버지, 증조할아버지가 지낸 관직과 성명, 또 외가 쪽 본관과 어른들이 지낸 관직과 성명을 적은 사조단자를 써내야 한다. 그러기 전 조흘강으로『소학』배강 구두 시험을 치르는데, 배강 시험관이 이이를 보고 조금 놀라는 표정을 지었다. 이런 소년의 방문이 아주 없는 일은 아니었다. 가끔 이 나이 또래의 소년들이 자기가 한 공부가 얼마큼 되었는가 배강을 통해 시험해보러 오기도 했다.

그 절차를 재연하면 이런 식이었다.

"그냥 형들을 따라온 게 아니라 네가 시험을 치르러 온 것이냐?"

배강 시험관이 물었다.

"예."

"나이는 어떻게 되느냐?"

"열세 살입니다."

"생일은 언제냐?"

"섣달 스무엿새입니다."

"그럼 이제 열 돌이 지나 열한 돌이 되어가겠구나. 이르기는 하다만 그럼 어디 『소학』 내편 계고 명륜을 앞에서부터 읊고 해석해보아라."

그런 것이라면 율곡에게는 식은 죽 먹기와도 같았다. 그는 아직 소년이어도 이미 열한 살에 오서육경을 차례대로 외는 것은 물론 거꾸로 외는 치외기까지 끝냈다. 막힘

없이 문제의 답을 말하자 시험관이 말했다.

"그만하면 됐다. 저쪽에 사조단자(아버지, 할아버지, 증조할아버지, 외할아버지의 성명, 생년월일, 벼슬을 적어 내는 것)를 써내고 조흘첩(조흘강에 합격했음을 보여 주는 증서)과 시험을 볼 때 답을 써내는 명지(답지)를 받아가거라."

그날 율곡은 위에 형들과 똑같이 녹명소에 이름을 올리고 녹명관이 도장을 찍은 답지와 조흘첩을 받아왔다. 조흘첩이 있어야 시험 날 과장에 들어갈 수 있었다. 시험 응시자가 많아 서울의 시험장은 두 군데로 나누었는데 1소가 예조이고, 2소가 성균관이었다.

시험 날 아침, 세 아들은 새벽같이 일어나 해가 뜨기 전부터 시험을 보러갈 준비를 했다. 저마다 조흘첩과 명지를 챙기고, 괴나리봇짐 안에 붓과 벼루와 먹과 물통과 어머니 사임당이 밤새 정성껏 준비한 점심을 넣었다. 시험지는 과장에서 다시 다섯 줄로 자신의 성명과 본관과 거주지, 아버지·할아버지·증조할아버지가 지낸 관직과 성명, 또 외가 쪽의 본관과 외가 어른이 지낸 관직과 성명을 적은 다음 누구의 것인지 알 수 없게 그 위에 다시 종이로 붙어 봉한다.

시험을 보는 동안 예조의 검시관이 돌아다니며 시험지에 도장을 찍어 함부로 바꿔치기하는 것을 방지한다. 복시부터는 더욱 엄격하여 시험지를 내면 누구 글씨인지도 알 수 없게 여러 명의 시험 종사관이 다시 다른 종이에 글을 옮겨 적어 필체조차 가린 채 등급을 매겼다.

"다들 잘 보고 오너라."

아버지와 어머니가 문 앞까지 나와 배웅했다. 세 아들은 이렇게 아침에 가도 한밤중에나 돌아온다. 진사 시험은 과장에서 시험문제가 공개되면 거기에 맞춰 시와 부를 1편씩 쓰는데 시험지는 한밤 인경이 울릴 때까지 제출해야 한다. 시험지를 늦게 제출하는 사람은 횃불 아래에서도 시를 짓고, 가져온 촛불의 흔들리는 불빛 아래에서도 부를 짓는다.

세 아들은 인경이 울린 다음에 돌아왔다. 큰아들과 둘째 아들은 밤늦게 돌아와 다음 날 아침 다시 생원 시험을 보러 가야 했다. 진사시가 끝난 다음 날부터 생원시를 보았다. 그건 초시도 그렇고 복시도 늘 그렇게 해왔다. 지난번 녹명소에 갔을 때 위에 두 형은 생원시 초시까지 녹명하고 오고, 셋째 아들 율곡은 경험 삼아 진사시 초시에만 녹명하고 돌아왔다.

그리고 보름이 지났다.

예조와 성균관에 생원시와 진사시의 초시, 그리고 대과의 초시 입격자 방이 붙었다. 위에 두 아들은 생원시와 진사시 초시에 모두 떨어지고, 열세 살의 셋째 아들이 서울에서 100명을 뽑는 진사시 초시에서 장원을 한 것이었다.

셋째 아들 이이의 얘기는 장안에 금방 소문이 났다. 이번 진사 초시에서 서울 수진방에 사는 이이라는 13세 소년이 장원을 했다는 사실은 선비들이 모이는 곳마다 또 아낙들이 모이는 곳마다 화제가 되었다. 열세 살에 진사시 장원이라니, 그런 자식을 둔 부모는 얼마나 보람되고 흐뭇하겠느냐는 얘기들이었다.

사임당도 마음속으로는 기뻤지만 위의 두 아들 앞에서

는 조금도 내색하지 않았다. 어려도 셋째 아들의 재주가 이미 위에 두 형을 뛰어넘는 것 같은데도 사임당은 늘 이 세상에 형만한 아우가 어디 있느냐고 말했다. 사임당은 어느 자리에서나 자녀들에게 늘 부의모자 형우제공(父義 母慈 兄友弟恭, 아버지는 의롭고 어머니는 자비로우며, 형은 우애하고 동생은 공경한다.)을 말해왔다.

이 일화는 상당히 먼 후일의 일이지만, 셋째 아들 율곡이 출사한 다음 대사헌 시절과 이조판서 시절에도 여러 사람이 모인 자리에서 둘째 형 이번이 무얼 가져다 달라고 하면 형의 심부름을 다른 사람에게 시키지 않고 환하고도 공손한 얼굴로 그걸 두 손으로 직접 가져다주었고, 식사 때는 또 형의 물시중을 들곤 했다. 어린 시절부터 사임당의 가르침이 그랬다.

사임당의 특별한 교육

　나중에 율곡이 조정에 나가 마흔 살이 되던 해 선조에게 지어올린, 제왕이 배워야 할 모든 것을 담은 『성학집요』에 어머니의 태교에 대해서 이렇게 썼다.

　"옛날에는 부인이 아이를 임신하면 옆으로 누워 자지 않고, 비스듬히 앉지 않으며, 외발로 서지 아니하고, 맛이 야릇한 음식을 먹지 않았습니다. 칼로 자른 자리가 바르지 않은 음식을 먹지 아니하고, 자리가 바르지 않으면 앉지 않았습니다. 잠자는 일, 먹는 일, 앉는 일, 서는 일, 보는 일, 듣는 일, 말하고 행동하는 일이 하나 같이 모두 다 올바르게 해야 자식을 낳으면 그 형체와 용모가 단정하고, 재주가 남보다 뛰어나게 됩니다."

율곡은 글 속에서는 옛날에 부인이 임신하면 그런다고 했지만, 그러나 그것은 바로 자신의 칠남매를 그런 태교를 하여 낳고 가르친 어머니 이야기였다.

강릉 북평촌에서 살다가 서울로 이사를 온 다음 사임당은 막내아들(이우)을 가졌다. 강릉에서는 친정어머니인 용인 이씨가 안팎의 재물 살림을 도맡아 하였는데, 서울에 와서는 파주에 있는 시어머니 홍 씨가 늙어서 사임당이 시어머니를 서울로 모시고 파주와 서울 살림을 도맡아 했다. 그러던 중에도 막내를 가진 다음 더욱 단정한 모습으로 자리에 앉는 것도 어느 쪽으로도 기울지 않은 바른 자리에 앉고, 음식 하나라도 절대 깨어진 그릇엔 담지 않았다.

사임당은 태중에 아이를 가지면 옆으로 누워 잠들지 않고, 잠시 쉴 때도 옆으로 눕지 않고, 앉을 때도 방 한쪽에 기울게 앉지 않고, 음식도 텁텁한 것은 입에 대지 않고, 고기도 두부도 다른 채소도 바르게 자르지 않은 것은 입에 대지 않았다. 누가 남을 헐뜯으면 그 소리를 듣지 않으려고 일부러 자리를 피하고, 틈나면 늘 책에서 좋은 내용을 찾아 읽었다.

태어날 때뿐 아니라 자랄 때에도 여느 집의 자녀 교육
과는 다른 점이 있었다.

사임당의 자식들은 남자 형제들도 따로 서당에 다니지
않았다. 강릉 북평촌 시절부터 어머니 아래에서 공부했
다. 사임당이 남편 이원수의 10년 공부를 뒷바라지하던
중간에 대관령을 넘어가서 몇 년 동안 살았던 봉평 백옥
포리는 봉평 본동에서도 멀리 떨어진 마을로 서당이 있을
턱이 없었다. 강릉 북평촌에서 나고 자란 율곡도 서당에
다니지 않았다. 강릉 북평촌에 서당이 있었지만, 남들이
아직 서당에 다니기 전인 여섯 살에 어머니의 가르침으로
서당 공부를 절반 넘게 끝내고 서울에 왔다. 사임당의 자
녀들은 서울에 와서도 서당에 나가지 않았다.

조선시대를 통틀어 보더라도 어린 시절 자식이 서당에
다니지 않고 집에서 아버지와 형 아래에서 공부하거나 재
물이 넉넉해 독선생을 불러 공부한 집안은 있어도 어머니
가 자식들에게 천자문과 『명심보감』을 넘어 『소학』을 더
한 오서와 육경을 직접 가르친 집안은 없을 것이고, 또 그

런 어머니는 사임당이 유일할 것이다.

칠 남매 가운데 학문이 제일 뛰어난 율곡도 나중에 성장해 어른이 되어 어디에 가서든 자신의 스승은 어머니라고 했다. 실제로 이들 형제는 면학하는 동안 어머니 사임당 이외에 어떤 사람에게도 따로 학문을 배우지 않았다. 셋째 아들 율곡이 휴암 백인걸의 문하생이 된 것도 열여섯 살 때 어머니가 돌아가시고 삼년상(2년 1개월)을 끝낸 다음의 일이다. 열여덟 살 때 비로소 스승 문하에 든 것인데, 그때 그곳에서 평생의 친구 성혼을 만났다.

『격몽요결』은 율곡이 마흔두 살 때 모든 관직을 버리고 해주 석담에 가서 온 가족을 그곳에 모으고 살며 어린아이들과 같은 초학자들에게 학문의 바른 방향을 알려주기 위해서 쓴 책이다. 아동과 초학들이 뜻을 세우고, 부모 봉양을 배우고, 남을 대접할 줄 알고, 제 스스로 몸과 마음을 닦고, 책을 읽고 학문을 하는 바른 방법과 방향을 일러주는 책으로 중종 때 박세무가 쓴 『동몽선습』과 함께 후일 모든 서당에서 기초교재로 쓰이던 책이다.

그 책에는 이런 구절들이 있다.

"학문이라는 것이 이상하고 별다른 것이 아니다. 어버이가 마땅히 자식을 사랑하고, 자식이 마땅히 효도하고, 신하가 마땅히 충성하고, 부부가 마땅히 분별이 있고, 형제가 마땅히 우애롭게 지내고, 젊은이가 마땅히 어른을 공경하고, 친구 간에 마땅히 신의가 있어야 하는데, 날마다 생활 속에 그 마땅함을 얻도록 공부하는 것이 바로 학문이다."

"사람이 학문을 하지 않는 것은 마치 아무런 재주도 없이 하늘로 올라가려고 하는 것과 같다. 학문을 하는 것은 구름을 헤치고 푸른 하늘 아래를 내려다보는 것 같고 산마루에 높이 올라가 온 세상을 눈 아래 굽어보는 것처럼 상쾌한 일이다."

"처음 공부를 배우는 사람은 먼저 뜻을 세우고, 반드시 덕과 지혜를 갖춘 성인이 되겠다고 스스로 약속하고 털끝만치라도 자신을 작게 여기며 핑계대려는 생각을 하지 말아야 한다."

"말로는 뜻을 세웠다고 하면서도 공부를 하지 않고 미

적거리며 후일을 기다리는 것은 공부를 하고자 하는 정성이 없기 때문이다."

"자기의 몸과 마음을 닦는 수신이 어려운 게 아니다. 예가 아니면 보지 말며, 예가 아니면 듣지 말며, 예가 아니면 말하지 말며, 예가 아니면 움직이지 말라는 이 네 가지가 바로 자기의 몸과 마음을 닦는 수신의 요점이다."

"무릇 책을 읽을 때는 반드시 단정히 손을 모으고 무릎을 꿇고 앉아서 책을 공경히 대하는 마음을 가져야 한다."

"생각에 간사함이 없는 것(사무사)과 어떤 일에도 공경하지 않음이 없는 것(무불경), 이 두 말은 일생토록 되뇌어도 부족하니 벽에 써 붙여 잠시 잠깐이라도 잊으면 안 된다."

율곡이 쓴 『격몽요결』의 이런 내용이 바로 사임당의 자식들이 어릴 때 어머니로부터 공부에 대해 늘 듣던 가르침이다. 어머니와 함께 공부할 때 『대학』과 『논어』를 공부한 다음 『중용』을 공부하지 않고, 그 사이에 『맹자』를 먼저 공부한 것도 사임당이 자식들에게 가르쳐준 공부의 순서

다. 한 권의 책을 읽고 그다음 책을 공부할 때도 사임당은 반드시 한 책을 익숙하게 읽어 완전히 통달해 의심이 없게 된 다음에야 다른 책을 공부하게 했다. 율곡이 쓴『격몽요결』이 결국은 자신의 공부 경험인 것이다.

학문에서만이 아니다.

"매일 날이 밝기 전에 일어나 세수하고, 머리 빗고 옷을 입고, 띠를 두르고서 부모님 침소로 나아가 기운을 낮추고 목소리를 부드럽게 하여 덥고 추움과 편안함과 편안하지 않음을 살펴보아야 한다. 날이 어두워 저녁이 되면 침소에 나아가 이부자리를 정해 드리고 따뜻한지 서늘한지 살펴보아야 한다. 낮에 받들어 모실 적에는 항상 얼굴빛을 온화하게 하고 용모를 공손히 해서 공경하게 응대하며, 나갈 때와 들어올 때에는 반드시 절하며 각기 어딜 가는지와 어딜 다녀왔는지를 아뢰어야 한다."

"부모의 뜻이 만일 의리에 해로운 것이 아니면 마땅히 부모의 뜻을 먼저 알아차리고 받들어 순종하며 조금이라도 어기지 말 것이요, 만일 의리에 해로운 것이면 기운

을 온화하게 하고 얼굴빛을 환하게 하며 음성을 부드럽
게 하여 간해서, 반복하게 아뢰어 반드시 따르시게 기약
하여야 한다.”

이 역시 율곡이 쓴『격몽요결』의 한 부분이지만, 할머니
를 모실 때 강릉에서 친정 어머니를 모실 때나 서울에 와
서 시어머니를 모실 때 사임당의 생활이 이랬던 것이다.
특히나 부모님을 낮 동안 받들어 모실 적에는 항상 얼굴
빛을 온화하게 하고, 용모를 공손히 해서 응대하기를 공
경하게 하는 것 역시 사임당이 시어머니께 하던 모습 그
대로다.

사임당이 자녀를 모두 데리고 강릉에서 서울로 올 때
남편 옆에는 이미 첩이 있었다. 이때는 시어머니 홍 씨가
연로하여서 가사를 돌보지 못하고 있었는데 이때의 일도
나중에 율곡이 자신의 어머니에 대해 적은 〈선비행장〉
에 나오는 기록대로다.

“강릉에서 서울로 와 수진방에서 살았는데 이때 할머

니는 늙어 가사를 돌보지 못하셨으므로 어머니가 집안 살림을 맡아서 했다. 어머니께서 윗분을 공양하고 아랫사람을 기르며 어떤 일도 맘대로 한 적이 없고 모든 일을 반드시 시어머니께 고한 다음에 했다. 그리고 할머니 앞에서는 희첩(姬妾)도 꾸짖는 일이 없고 말씀은 언제나 따뜻하고 안색도 언제나 온화하게 했다."

그러던 중에 사임당은 항상 강릉에 계시는 친정어머니를 그리워하여 밤중에 사람의 기척이 조용해지면 눈물을 흘리고, 새벽이 되도록 잠을 이루지 못할 때가 많았다. 아마도 그때 남편 옆에 희첩이 있어 더욱 그랬을지도 모른다. 어느 날은 집안사람들이 모두 모인 자리에서 친척 어른을 모시는 시희가 찾아와 거문고를 뜯었다. 사임당은 그 소리를 듣고 조용히 눈물을 흘리며 "거문고 소리가 그리움이 있는 사람의 마음을 더욱 그립게 하고 애타게 한다."라고 했다. 그 말에 온 방의 사람들이 다 슬퍼했다.

사임당이 어머니가 강릉에 두고 온 친정어머니를 그리워하며 사친시(思親詩)를 쓴 것도 그 무렵이다.

어머니 그리워(思親)

산첩첩 내 고향 천리연마는

자나깨나 꿈속에도 돌아가고파

한송정 가에는 외로이 뜬 달

경포대 앞에는 한 줄기 바람

갈매기는 모래 위에 모였다 헤어지고

고깃배는 바다 위로 오고가리니

언제나 강릉길 다시 밟아가

색동옷 입고 앉아 바느질할꼬.

천리가산 만첩봉(千里家山萬疊峰)

한송정반고윤월(寒松亭畔孤輪月)

경포대전일진풍(鏡浦臺前一陣風)

사상백구항취산(沙上白鷗恒聚散)

해문어정임서동(海門漁艇任西東)

하시중답임영로(何時重踏臨瀛路)

176

갱착반의슬하봉 (更着斑衣膝下縫)

또 어머니를 그리워하는 마음을 담은 짧은 사친시 한 편이 있다.

밤마다 달을 향하여 기도하노니
원하건대 생전에 뵐 수 있다면

夜夜祈向月 **(야야기향월)**
願待見生前 **(원대견생전)**

특별한 점 한 가지는 사임당은 쇠고기를 먹지 않았다는 것이다. 처음 시작은 율곡이 쇠고기를 먹지 않기 때문이었다. 율곡이 쇠고기를 먹지 않게 된 것은 여섯 살 때 강릉 북평촌에서 서울로 올라오던 때부터의 일이었다. 강릉에서 서울까지 무거운 짐을 실은 수레를 소가 끌고 왔는데, 그때 여러 날 소가 끄는 수레를 타고 오며 소의 수고를 본 다음 율곡이 어머니 사임당에게 이렇게 말했다.

"소가 논밭에서도 힘들게 일하고, 또 저렇게 무거운 짐을 끌면서 사람 일을 대신 해주는데 나중에 저 소를 잡아 고기를 먹는다는 건 너무 몰인정한 일입니다. 저는 이제 쇠고기를 먹지 않을 것입니다."

그 말을 듣고 사람들은 웃었지만, 율곡은 그 후로 평생 쇠고기를 입에 대지 않았고, 사임당 역시 그런 아들의 뜻을 중하게 여겨 자신도 쇠고기를 입에 대지 않았다. 사임당은 어린 자식의 말에서 마음속에 가지고 있는 어진 생각을 보았던 것이다.

사임당의 예술 세계

사임당은 강릉에서 서울로 와서도 자수와 서화를 했다. 특히나 서울에 올라와 자수와 서화에 부쩍 마음을 쏟은 것은 큰딸 매창 때문이었다. 그때 매창은 열네 살로 예전 사임당이 그 나이에 그랬듯이 자수와 서화에 재미를 붙이고 있었다.

"부녀가 학문을 하는 게 꼭 세상에 드러내려고 하는 건 아니지만, 너는 또 서화에 남다른 재주가 있지 않으냐? 남자만 수신하는 게 아니란다. 네 스스로 이 재주를 사랑하고 갈고 닦는 것도 이다음 아이를 낳아 키우는 어미로 수신을 하는 것이다."

사임당은 매창뿐 아니라 세 딸 모두에게 부덕과 부엌

살림의 근검에 대해 늘 이렇게 말했다.

"예부터 옷감을 짜는 일과 바느질과 자수는 사대부 가정에서부터 양민과 비복들의 살림에 이르기까지 여자라면 누구라도 배우고 익혀야 할 일이다. 너희가 그 일을 성심껏 하는 것도 부녀로서 중요한 일이지. 살림에 쓰는 기구와 그릇들도 비록 그것이 흙으로 빚은 것이라 하더라도 오래 정을 들여 소박하고 깨끗하면 놋그릇과 옥그릇보다 낫고, 거기에 담는 음식 또한 정성을 다해 정갈하게 지으면 강조밥에 풀반찬이라 하더라도 진수성찬보다 나은 법이다."

세 딸도 어머니의 말을 명심하였다.

"무엇보다 재물은 늘 검소하게 써야 한다. 재물이라는 것은 한이 있고, 쓰기는 무궁하지. 흩어진 밥과 흘린 쌀 한 톨이라도 낱낱이 다시 거두어 수채와 뜰에 나가지 않게 하는 것도 그 집 안주인이 분별할 일이다."

게으름에 빠지는 것도 늘 경계했다.

"새벽잠을 탐하여 늦게 일어나는 버릇을 들이지 않도록 해라. 남자에게도 여자에게도 가장 나쁜 버릇이 아침에 늦게 일어나는 것이다. 한 집안의 어미에게 늦게 일어나는 버릇이 있으면 그 집의 바깥주인도 아이들도 늦게 일어나게 된다. 주인이 늦게 일어나고, 낮잠을 즐기면 그 집의 비복들도 아무 데서나 등을 붙이고 잠을 자게 된다. 그러면 그 집의 살림이 모두 게을러지기 마련이다."

그것은 어머니로서의 반듯함과 자신에 대한 엄격함일 것이다.

"작은 소리로 이야기를 나눌지라도 형제남매간에도, 벗들하고도 절대 소곤거리듯 얘기하지 마라. 그것은 다른 형제와 다른 벗들 사이에 쓸데없는 오해를 부를 수 있다. 군자는 어떤 일과 어떤 말을 하더라도 푸른 하늘의 밝은 낮같이 누구나 환히 보고 알 수 있도록 해야 한다."

그런 어머니의 모습을 닮아서일까. 매창 역시 부녀자 중에 군자 같은 모습이란 소리를 들었다. 어머니는 아들에게만 학문을 가르친 게 아니라 매창을 비롯해 딸들에게도 똑같이 학문을 가르쳤다. 사람들은 매창의 모습, 성격, 서화의 기예가 어머니를 닮았다고 했다.

사임당과 매창의 그림은 서로 조금 다른 데가 있다. 후대 사람들은 사임당의 그림은 같은 대나무를 그려도 좀 더 여성스럽고 매우 정묘한 모습인데 매창의 그림은 사임당의 그림에 비해 댓잎 한 잎 한 잎에 조금 더 힘을 주는 듯한 느낌을 준다고 했다.

확실히 사임당은 서울에 올라온 다음 붓을 잡는 날이 많아졌다. 그림도 그랬지만 서예도 강릉에서보다 더 많이 했다. 자식들에게 특히 인상적이었던 것은 자식들이 공부하는 방에 써서 붙여놓은 휘호였다. 사임당은 가장 반듯한 해서체로 다음과 같이 써서 자식들의 공부방에 붙여놓았다.

개권대월(開卷對越)

혁약유림(赫若有臨)

연수부족(年數不足)

출연심경(怵然心驚)

우경석(右警夕)

"책을 펼쳐 성인의 말씀을 대하면 확연히 옆에 임하여

보시는 듯하다. 공부할 햇수가 모자라매 마음이 먼저 두려워 놀란다.

　이것은 하루를 보낸 저녁에 읽는 경구"

　학문에 대해서 사임당의 좌우명과도 같은 글이다.

　사임당은 또 자식 교육에서도 자식들마다 소질에 따라 그걸 북돋아주는 가르침을 베풀었다. 첫째 아들에서부터 셋째 아들까지는 학문에 힘쓰게 했고, 맏창과 막내아들에게는 서예와 그림을 함께 가르쳤다. 특히 막내아들 이우가 거문고 소리에 남다른 관심을 보이자 그것을 배우게 했다. 이우가 시·서·화·금의 사절을 이룰 수 있게 된 것도 사임당이 막내아들의 재능을 일찍부터 알아보고 그것을 배울 수 있게 해준 덕분이다. 이우는 소리만 듣고도 악보를 만들고 적기도 했는데, 이것은 어릴 때부터 배움이 있어야지 성년이 된 다음부터 듣기 시작해서는 쉽게 이룰 수 없는 일이다.

사임당이 세상을 떠날 때

이원수가 수운판관이 된 때는 사임당이 세상을 떠나기 한 해 전인 경술년(1550년, 명종 5년) 여름이었다. 그 전해 5월에 이원수의 당숙 이기가 일인지하 만인지상의 영의정 자리에 올랐다. 동생이지만 더욱 빨리 좌의정에 올랐던 이행은 세상을 떠난 지 오래되고, 이원수의 고종 사촌인 최보한도 죽은 지 삼 년이나 지난 다음이어서 이원수는 이 무렵 이기의 집에 자주 드나들었다. 거기 말고는 과거에 오른 것도 아닌 이원수가 끈을 댈 곳이 없었다. 사임당은 남편에게 이기의 집에 출입하지 말라고 극구 만류했다.

수운판관은 경기도 관찰사 예하에서 한강의 수운을 담

당하는 관직이다. 충주 가흥청에도 수운이 있고, 황해도 배천에도 수운이 있는데 충주 수운은 경상도와 충청도 일부 지역의 세곡 운송을 지휘·감독하고, 관서의 수운은 황해도의 연백평야와 각 군의 세곡을 걷어 겨우내 보관했다가 봄이 되어 얼음이 녹으면 예성강에서 강화 교동도 앞바다를 지나 한강을 거슬러 서강까지 운송하는 것을 지휘·감독하는 종5품직이다. 나라의 세곡 운송을 관리하는 막중한 직책이다. 그래서 사임당은 이원수를 더 단속했다.

단속하면 이원수가 이렇게 말했다.

"그 어른과 나는 다섯 촌 안이 아니오? 거길 드나드는 일을 가지고 이러면 내가 어딘들 갈 수 있겠소?"

"차라리 남이면 상관없는 일이지만 가까울수록 더 조심해야지요."

"허 참. 알겠소. 당신은 말은 조용조용하게 하면서도 한마디 한마디가 아주 추상같소. 빙부님의 옛 모습과 어쩌면 그리 똑같소?"

이기는 몇 년 전 새 임금(명종)이 즉위할 때 임금의 외숙부인 윤원형과 손잡고 을사사화를 주도한 인물이었다. 역사적으로는 소윤이 대윤을 몰아낸 사건이지만 이 사화로 100명도 넘는 사림이 목숨을 잃거나 숙청당했다. 세간의 평도, 인심도 다들 어디 그 권세가 얼마나 갈지 두고 보자는 식이었다. 이원수가 그런 이기의 집에 출입하는 것을 알고 사임당이 예방하였던 것이고, 이원수 역시 순하고 너그럽게 사임당의 말을 받아들였다.

사임당이 세상을 뜨던 해 봄에 수진방에서 삼청동으로 이사를 했다. 이사를 하자마자 이원수가 황해도의 세곡을 조운하는 일로 배천으로 갔다. 여기에 큰아들과 셋째 아들 율곡이 따라갔다. 집에는 둘째 아들과 막내아들, 둘째·셋째 딸이 있었다.

그런데 5월 초 사임당이 갑자기 편지를 써서 남편과 두 아들이 가 있는 배천 수운참으로 보냈다. 집을 떠난 지 두 달이 되어 가는데 남편의 건강은 어떠한지, 함께 간 큰아들과 셋째 아들도 잘 지내는지 궁금하다는 안부 편지였다. 안부를 묻는 말 말고는 별다른 말을 쓰지 않아 그 편지를 받은 남편도, 아들도 사임당이 편지를 쓴 의도를 짐작하지 못했다.

며칠이 지난 어느 날 사임당은 갑자기 몸살 기운이 있는지 몸이 으슬으슬하다며 자리에 누웠다. 그리고 이틀이 지난 다음 집에 남은 자식들을 모두 불러 앉히고, 멀리 집 떠나는 사람처럼 하나하나 일러 이야기했다.

"내가 아무래도 오래 살지 못할 것 같구나. 너희 아버지께서 언제 오실지 모르겠다만, 아무래도 그 전에 내가 떠나게 될 것 같구나. 아무쪼록 너희는 아버지 말씀 잘 듣고, 어미가 없더라도 불편하신 게 없도록 잘 받들어 모시도록 해라. 그리고 모두 열심히 학문에 뜻을 두어라."

그리고는 정말 아무 일 없는 듯 저녁이 되고 밤이 되어 편하게 잠자리에 들기에 옆에 지키고 있던 자식들도 서모도 사임당이 아까 말씀은 그렇게 하였지만, 오히려 병환이 다 나은 걸로 생각했다. 그런데 새벽에 갑자기 가쁜 숨을 몰아쉬더니 그대로 세상을 떠났다. 그때 사임당의 나이는 마흔일곱 살이었다.

신해년(1551년, 명종 6년) 오월 열이렛날이었다.

기이한 일은 집을 나가 밖에 있던 이원수와 아들에게도

있었다. 사임당이 세상을 떠나던 날 이원수와 두 아들이 세곡을 조운하는 일을 모두 마치고 배를 타고 서강에 닿았는데, 행장 속에 든 유기그릇이 모두 빨갛게 변해 있어 이게 무슨 일일까 모두 괴이쩍게 여기던 참에 사임당이 세상을 떠났다는 기별을 들었다.

사임당과 이원수가 자식들에게 남긴 재산

　사임당의 남편 이원수가 세상을 떠난 것은 사임당보다 10년 후 율곡이 스물여섯 살 되던 해(1561년, 명종 16년)의 일이다. 그때 큰아들 이선은 서른여덟, 둘째 아들 이번은 서른하나, 셋째 아들 율곡은 스물여섯, 넷째 아들 이우는 스무 살이었지만, 이제 막 약관의 나이가 된 막내 아들까지 네 아들 가운데 어느 자식도 공부만 할 뿐 아직 관직에 나서지 못했다.

　다만 셋째 아들 율곡이 스물한 살 때 진사과 복시에 장원을 했으며, 스물세 살 때 한양에서 치른 별시에 또 한 번 장원을 했다. 이렇듯 셋째 아들 율곡 말고는 형제들 모두 부모가 살아 있을 적에 자식으로 학문으로나 벼슬길의 관직으로나 무얼 하나 이루어 보여준 게 없다.

사임당이 세상을 떠난 지 15년이 지나고, 이원수가 떠난 지 5년이 지난 1566년(명종 21년) 음력 오월 스무날, 율곡의 동복 칠 남매는 서울에 있는 율곡의 집에 모여 부모가 남긴 재산을 나누고 거기에 대한 문기를 남겼다. 예전에 사임당과 자녀들이 함께 살았던 삼청동 집에서였다.

그날 율곡의 남매들이 부모님이 남긴 재산을 나누기 위해 일부러 모인 것은 아니었다. 바로 사흘 전 오월 열이렛날이 어머니의 사임당의 제삿날이었고, 그 제사를 셋째 아들이 지낼 차례가 되어(이때까지는 그때의 예법에 따라 집안의 모든 제사를 7남매가 아들딸 구분 없이 돌아가며 지냈음) 멀리 떨어져 사는 남매들이 예전에 어머니와 함께 살던 집에 모였다.

보통 화회문기는 부모의 삼년상을 치른 다음 의논하는 게 관례인데 아버지가 세상을 떠난 후 후 5년이라는 시간이 흘렀다. 이때쯤 제사를 지내는 방식도 점차 바뀌어 이들 남매도 새로 제사를 지내는 방식을 정리하고, 그동안 미뤄왔던 화회문기를 작성했다. 후일 나라의 보물 제477

호로 지정된 '이이 남매 화회문기(일명 율곡 선생 남매 분재기)'의 내용이다.

가정(명의 연호) 45년(1566년) 병인 5월 20일

우선 제사를 받들기 위한 봉사조와 산소를 돌보는 데 쓰는 묘전, 묘지기에 대한 몫으로 얼마간의 전답과 노비 8구를 뗀 다음 서모와 자식들을 몫을 아래와 같이 나누었다.

큰아들 생원 이선: 논 15마지기와 소가 하루를 갈아야 하는 텃밭과 노비 16구

큰딸(병절교위 조대남의 처): 논 10마지기와 밭과 노비 16구

둘째 아들 유학 이번: 논 8마지기와 반나절갈이 밭과 노비 16구

둘째 딸(충의위 윤섭의 처): 논 8마지기와 밭과 노비 15구

셋째 아들 이조좌랑 이이: 논 8마지기와 밭과 노비 15구

셋째 딸(고 학생 홍천우의 처 이씨) 논 12마지기와 밭과 노비 15구

넷째 아들 유학 이위: 논 12마지기와 밭과 노비 15구.

서모 권씨: 논 12마지기와 밭과 노비 3구.

문기에서는 칠 남매가 모두 받들어야 할 제사에 관한 일을 의논해 봉사조와 묘전, 묘지기에 대한 몫을 먼저 정해놓았다. 모든 제사를 칠 남매가 돌아가며 지낼 때에는 누가 더하고 덜하는 것 없이 그 자체로 공평하기 때문에 따로 봉사조를 정해놓지 않아도 되었는데 이제 큰아들 집 한곳에서만 지내기 때문에 제사를 지내는 데 봉사조가 필요했다.

사임당과 이원수가 남긴 재산 가운데 노비가 119구나 되었다. 이 가운데는 25년 전 사임당이 외할머니 용인 이씨로부터 받은 노비들도(처음 받을 때는 32구였으나 그 사이에 조금 늘어 35구) 포함되어 있었으나 파주에 할아버지에서 아버지에게로 물려 내려온 노비가 훨씬 더 많았다. 이것은 아버지 이원수 쪽의 가세가 어머니 사임당 쪽

의 가세보다 절대 약하지 않다는 뜻이다.

서모 권씨의 몫도 따로 정해놓았다. 문기로 볼 때 아버지 이원수와 서모 사이에는 자식이 없었다. 만약 있었다면 서모의 신분이 양인이니까(후대에 전해진 얘기로는 서모가 술 잘 먹고 성질 고약한 주막집 주모라는 말도 있으나 이것이야말로 후대에 만들어진 말일 뿐 전혀 그렇지 않다.) 아들딸들이 각자 받은 몫의 1/7을 주었을 것이고, 만약 서모가 천민 출신으로 얼자를 두었다면 우리 몫의 1/10을 아들딸 구별 없이 주었을 것이다. 인정이 아니라 그렇게 주어야 하는 게 대전에 정해져 있는 바였다.

문기의 필집은 남매의 맏이인 이선이 하고, 아들들은 차례로 자기의 신분과 이름 아래 수결하고, 딸들은 딸 대신 남편이 수결하고, 남편이 일찍 세상을 떠나 '고 학생 홍천우의 처'라고 적은 셋째 딸만 '이씨'라고 본인이 수결했다.

나이 여든일곱인 강릉 외할머니 용인 이씨도 아직 건강하게 살아 있는데 사임당도 그때까지 살아 있었다면 얼마나 좋았을까. 그랬다면 이태 전 환갑을 지낸 사임당은 큰아들이 부중을 앓고 있는 가운데서도 생원시에 당당히 급제한 모습도 보고, 대과의 삼장장원에 급제한 후 조정 관직 가운데서도 핵심 요직이며 꽃과도 같은 이조전랑으로 임명된 셋째 아들의 늠름한 모습도 보았을 것이다.

앞서 외할머니의 '용인 이씨 분재기'와 '이이 남매 화회 문기'의 내용을 자세하게 소개하는 것은 후세 사람들이 사임당과 율곡의 모습을 그리며 어려운 환경 속의 반듯함과 청빈함으로 받들다 보니 때로는 그것이 지나쳐 오히려 실제를 왜곡해 사임당도 가난했고, 율곡의 삶도 매우 가난했다고 하는 경우가 많기 때문이다.

예를 든다면 율곡이 세상을 떠났을 때의 일 같은 경우가 그렇다. 선조는 율곡의 죽음에 너무도 애통해 우는 소리가 궐 바깥까지 들릴 정도였고, 예를 다해 장례를 치르라고 하교했다. 그런데도 율곡의 살림살이는 너무도 가난해 준비해 놓은 수의조차 없어 친구의 것을 빌려 썼다는 말 같지도 않은 말이 만들어지고, 더러는 마치 자신이 그런 광경을 보기라도 한 것처럼 "선생이 운명한 뒤 집에는 한 섬의 곡식이 쌓여 있지 않았고, 서울에 집이 없는 처자들이 의지할 데가 없어 여기저기 옮겨 살며 추위와 굶주림을 면치 못했다"라는 기록을 남기기도 한다. 어떻게 수의조차 없을 만큼 가난한 재상의 장례를 63일 동안 전국에서 모여드는 조문객을 받아가며 치를 수 있었겠는가. 꼭 그런 식으로 말해야지만 사임당과 율곡의 청빈함이 빛나는 건 아니다.

물론 율곡이 젊은 시절 평생의 친구로 결의한 우계 성혼에게 "우리 집안은 대대로 살아가는 데 필요한 사업이 없고, 선비와 서민의 생업이 달라 다른 일을 억지로 행할 수 없기에 가난을 면하고자 녹을 구하는 것이 성인의 바른 길이라 생각하지 않지만, 과거를 보는 한 가지 길로 나서고 있다"라고 편지를 쓴 적이 있다. 그러나 그것은 대대로 아무 일도 하지 않고 먹고살아도 될 만큼 쌓아둔 재물이 없다는 것과 다른 집들처럼 노비가 많지 않다는 것이지(신공노비마다 매년 면포 2필씩을 받던 조선시대에는 노비 확대가 곧 그 집안의 산업이었다.) 적빈을 이야기한 것은 아니다.

청빈에 대한 후대의 과공은 사임당에 대해서도 마찬가지다. 사임당은 먹으로도 많은 그림을 그렸지만, 강릉과 서울에서 살 때나 강릉과 서울 중간 봉평에 자리 잡고 남편의 과거 공부를 뒷바라지하며 더욱 검박하게 살 때도 초충도나 화조도와 같은 색조 그림을 많이 그렸다.

그림을 그리는 옥판선지와 화선지도 값으로 따지면 만만치 않다. 종이 한 장이 그 넓이만큼의 면포보다 비싸 가난한 집은 문을 바르지 못할 정도이고, 문을 바를 종이가 없어 겨울이면 해진 면포 조각을 이어 문을 바르기도 했다.

물감은 더 귀해 나라의 도화서 화공들일지라도 임금의 얼굴을 그릴 때와 궁궐 행사 그림을 그릴 때 말고는 색조 물감을 함부로 쓰지 못했다. 충분한 그림 값을 받고 높은 자리의 벼슬아치 얼굴을 그려줄 때나 색조 물감을 썼던 것도 안료를 쉽게 구할 수 없었기 때문이다. 모든 색조 물감이 다 귀하고 비싼 것은 아니지만 거의 대부분의 색조 물감이 귀하고 비쌌다. 어떤 것은 금을 가루로 내어 만든 금분만큼이나 비싸고 또 어떤 것은 그보다 더 비싸기도 했다.

사임당은 강릉 북평촌에 살던 어린 시절과 젊은 시절에도, 봉평에서 남편의 과거 공부를 뒷바라지하던 시절에도, 나중에 서울로 올라온 다음에도 틈틈이 색조 그림을 그렸고 또 남겼다. 사임당이 자신의 그림을 바탕으로 즐겨 놓던 자수 역시 그렇다. 자수에 필요한 색실 값도 이만저만이 아니었지만 아무리 비싸게 값을 쳐 준다 해도 여염집에서 쉽게 구하거나 구경할 수 있는 물건이 아니었다. 평생을 검박하게 살아도 청빈으로는 다 설명할 수 없는 서화와 자수의 세계가 사임당의 내면에 있었다.

사임당의 그림을 보는 두 가지 시선

그렇다면 예술가로서 사임당의 삶은 어떠한가.

사임당은 율곡이 〈선비행장〉에 "그림을 모사한 병풍이나 족자가 세상에 많이 전해지고 있다"라고 쓴 대로 당대에 많은 글씨와 그림을 남겼다. 그러나 오랜 세월이 지난 다음 사임당의 글씨로 후대에 전하는 것은 강릉에서 서울로 올라올 때 넷째 동생에게 써준 초서 휘호 여섯 점과 자식들이 공부하는 방에 늘 붙여주었던, 공부에 대한 사임당의 좌우명과 같은 해서체 휘호 한 점이 전부다.

글씨에 비해 그림은 후대에까지 전하는 것이 조금 더 많기는 하지만, 그리고 그것들 모두 사임당의 그림이라고 전하기는 하지만 진품 여부는 확실하지 않은 것이 많다.

사임당이 그린 그림들에 부친 시와 발문도 많다.

사임당의 그림에 대해 세상 사람이 말하는 것은 두 가지로 나눌 수 있다. 먼저는 사임당이 살아있을 때 누구의 아내며 어떤 사람인지보다 당대의 여류 화가로 오직 사임당의 그림에 대해서만 얘기한 사람들이다. 두 번째는 사임당은 죽은 다음 100년이 지난 다음 똑같은 그림을 놓고 이야기하면서도 여류화가의 자취는 지워버리고 오직 동방의 대현 율곡 선생의 어머니로 사임당의 그림에 대해 얘기한 사람들이다.

먼저 사임당이 살아있을 때 사임당의 그림에 대해 말한 사람으로 형조·호조·병조·이조판서를 거친 다음 우찬성과 좌찬성을 지낸 양곡 소세양을 말하지 않을 수 없다. 이 사람은 성주 사고가 불타자 춘추관의 실록을 그대로 등사하여 봉안하는 일을 책임진 바가 있는데 젊을 때부터 문명이 높아 시문도 뛰어나고 글씨도 당대의 일인자로 일컬어지던 사람이다. 이조판서를 지낸 다음 평양 기생 황진이와 둘이서 딱 한 달만 살기로 미리 약조하고 같이 산

적도 있어 풍류 쪽으로도 이름이 널리 알려진 사람이다.

황진이와 두 사람 사이에 그런 일이 있고 나서 황진이가 소세양을 늘 그리워하며 "달 밝은 밤에 그대는 누구를 생각하나요. 붓을 들면 때로 제 이름을 써보나요. 이 세상에 저를 만나 기뻐셨나요. 그대 생각하다 보면 모든 게 궁금해요. 내가 참새처럼 떠들어도 여전히 정겨운가요."라는 시를 써 훗날 사람들에게 '황진이의 남자'로 불리기도 했던 사람이다.

소세양이 사임당의 산수화에 시를 남긴 것은 벼슬길에서 완전히 물러나 있던 예순세 살 때의 일이다. 소세양이 당대에 문명을 떨치던 명필로 그림에도 자연스럽게 관심이 깊다 보니 누군가 사임당의 그림을 그에게 보여주었을 수도 있고, 이미 그 시절 선비들 숲에 여류 화가로 이름이 알려져 있던 사임당의 그림을 소세양이 일부러 수집하였을 수도 있다.

사임당의 산수화에 소세양이 부친 시는 100년의 세월이 흐른 다음 아주 엉뚱한 논리로 또 다른 논란거리가 되기도 하는데, 그것은 뒤에 다시 이야기하도록 하고 먼저 사임당의 그림에 대한 당대의 평가로 소세양의 시부터 살펴보자.

  동양 신씨 그림 족자에 부쳐
  (노산 이은상 선생 번역)

  시냇물 굽이굽이 산은 첩첩 둘러 있고
  바위 곁에 늙은 나무 감돌아 길이 났네
  숲에는 아지랑이 자욱이 끼었는데
  돛대는 구름 밖에 빌락말락 하는구나
  해질 녘에 도인 하나 나무다리 지나가고
  소나무 정자에서는 중들이 한가로이 바둑 두네
  꽃다운 그 마음방심 신과 같이 열렸나니
  묘한 생각 맑은 자취 따라잡기 어려워라

  그리고 중종 시절과 명종 시절 서얼 출신으로 중국어에 뛰어나 외교에도 크게 이바지하고 시와 서화를 평론하는 데 일가를 이루었던 어숙권이라는 학자가 있다. 그는 서얼 출신이지만 시문에 워낙 뛰어나 소세양이 우리나라로 오는 중국 사신을 영접할 때 종사관으로 중국 사신들과 함께 시문과 서화를 논하던 사람이다. 그는 자신이 쓰고 편집한 『패관잡기』에 사임당의 그림에 대해 다음과 같이 말했다.

"근래 선비로 그림을 잘 그리는 사람이 대단히 많다. 산수화에는 별좌 김장과 선비 이난수(이원수)의 처 신씨와 벼슬에 나가지 않은 사람으로 안찬이 있고, 새나 짐승을 그리는 잡화에는 종실 두성령이 있으며, 풀벌레 그림에는 정랑 채무일이 있고, 묵죽에는 현감 신잠이 있는데 이들이 그중에서도 가장 저명한 사람들이다."

어숙권은 사임당의 산수화가 여자 화가로서가 아니라 당대 선비들이 그린 그림 전체에서도 가장 뛰어나다고 말한 것이다. 이것은 『패관잡기』 2권에 실린 내용이고, 4권에서는 또 사임당의 그림에 대해 이렇게 말한다.

"산수화를 잘 그리는 사람으로 지금 동양 신씨가 있는데, 신씨는 어려서부터 그림을 잘 그렸다. 포도화와 산수화는 아주 절묘하여 그림을 평하는 사람들마다 안견 다음간다고 하였다. 아, 어찌 부녀자의 필치라고 해서 가벼이 여길 수 있으며, 또 어찌 그림을 그리는 것이 부녀자에게 합당한 일이 아니라고 말할 수 있겠는가?"

어숙권은 '지금'이라고 말했다. 사임당은 살아 있을 때 이미 그런 평가를 받은 화가였다.

특히나 사임당의 포도 그림은 잘 익은 열매와 아직 영글지 않은 열매가 함께 어우러져 덩굴에 주렁주렁 매달려 있고, 손바닥처럼 큼지막한 이파리가 금방 불어온 바람에 나부끼며 포도송이를 가릴 듯 드러낼 듯 그 안에 포도 향기 같은 생기가 흘러넘쳤다. 잎사귀와 줄기를 분리하여 때로는 잎맥까지 세밀하게 그려냈다. 특히 풀벌레 그림의 들풀과 화초를 그릴 때는 색조 채색만으로 줄기는 그리지 않고 잎만 그려 넣는 무골법을 즐겨 썼다.

그런 사임당의 포도 그림에 시를 붙여 격찬한 사람이

또 있다. 재상이었던 임당 정유길이다. 정유길 자신도 시문에 뛰어나고 서예에도 일가를 이루어 사람들이 이 사람의 글씨체를 '임당체'라고 부를 정도로 평가받던 사람이다. 그런 정유길이 사임당의 포도 그림에 이런 시를 남겼다.

규방 안의 동양(東陽)이 빼어나듯
산림 속의 이역 풍경 진기하다
신령이 응축되어 오묘한 조화를 빚으니
붓이 빼앗아 똑같이 그려냈네

이 시에서도 동양은 사임당을 가리키는 말이다. 그리고 이 시를 쓴 정유길의 당숙으로 관각문인(홍문관, 예문관 출신의 문인)의 한 사람이자 대제학을 지낸 정사룡도 사임당의 산수도를 칭찬하는 시를 남겼다. 그리고 아주 오랜 세월이 흐른 다음 숙종도 사임당의 풀벌레 그림 병풍에 다음과 같은 시를 남겼다.

풀이여, 벌레여 살아 있는 모양 그대로일세

부인이 그려낸 것 어찌 그리 묘하온고

그 그림 모사하여 대궐 안에 병풍 쳤네

아깝구나 빠진 한 폭 모사 한 장 더해놓다

채색만을 쓴 것이라 한결 더 아름다워

그 무슨 법일런고 무골법이 그것일세

　숙종의 시도 그렇지만, 사임당의 그림에 대한 평가가 사임당이 살아 있을 때보다 죽은 다음 100년 후에 더 활발하게 이루어졌다. 흔히 예술에 대한 평가는 당대의 평가보다 후대의 평가가 더 깊고 후하기는 하지만, 사임당의 서화에 대한 후대의 평가는 또 다른 측면이 있다. 그림 자체보다는 또 다른 목적성을 띠는, 거기에 어떤 이데올로기적 혐의들이 짙게 배어 있는 평가들이다.

　그중에 몇 가지만 적어보면 이렇다.

　위에서 소세양이 시를 써 붙인 사임당의 어머니의 산수화 족자는 100년 후 사임당의 고손자이자 이우의 증손자인 이동명이 간직하게 된다. 고조할머니의 그림이니 당연히 자신이 집안의 가보로 보관해왔을 것이다. 이 족자에 대해 이동명은 당시의 재상인 이경석에게 발문을 부탁하였고, 이경석은 아래와 같은 발문을 썼다.

"천지의 빼어난 기운을 모아 태어난 사람은 남녀를 불문하고 하나의 큰 이치를 알게 되면 다른 것들도 다 꿰뚫어 알게 되어 가슴 속이 환하다. 그런 사람은 손에 붓을 잡고 먹을 뿌릴 때에도 신묘한 경지에 이르는 것이다. 처음부터 정신을 집중하여 생각을 허비하여 얻는 것이 아니라 그저 자연히 그렇게 되는 것이다.

삼가 신 부인의 산수화를 보니 구름과 모래가 아득하고, 숲에는 연기가 자욱하며, 멀리 겹쳐진 산봉우리와 그 아래로 굽은 강이 긴 모래톱을 휘감아 흘러 기이하면서도 날카롭지 않고 담박한 멋이 있다. 암자며 초가며 끊어진 벼랑의 위태로운 다리들이 있는 듯 없는 듯, 보일 듯 말 듯한 형상이 털끝조차 가려낼 만큼 섬세하다. 이 모든 것이 붓을 잡고 있는 분의 뜻이 그윽하면서도 조용하고, 단단하면서도 깊은 덕으로 저절로 나타난 것이다. 이것이 어찌 배워가지고 될 수 있는 일이겠는가? 이것은 하늘이 주어 얻은 재주다.

　율곡 선생을 낳으심도 하늘이 내려준 것으로 천지의 기운이 쌓여 얻은 일이다. 어진 이를 밴 것도 바로 그 이치이니 어찌 특히 조화가 손끝에만 있다고 할 것인가. 과연 기이하고도 아름답도다."(이은상 선생의 번역 내용을 다시 정리한 것임)

　이동명은 이 발문을 족자 뒤에 붙이고 16년이 지난 다음 다시 송시열에게 발문을 부탁했다. 이때 나이가 70에 이른 송시열은 당시 서인 중에서도 노론의 영수로 자기 위치의 고수와 서인의 정통성 확보를 위해 동방의 대현 이율곡 선생의 신격화에 온 정성과 유학자로서의 모든 권위를 다 쏟아붓고 있었다.

　그러나 저 산수화가 자신이 신처럼 떠받드는 율곡 선생의 어머니가 그린 그림이긴 하지만, 조선 유학의 도를 자기 시대에 자기 손으로 중화(中華)와 일치시키고 거기에서 자기 위치의 정통성을 확보하고 싶은 송시열로서는 그 그림에 뭔가 못마땅한 게 있었다.

　조선의 유학을 이끄는 송시열이 가장 참다운 여인상으

로 여기는 사람은 중국 북송 대의 대유학자인 정호·정이 형제를 낳은 후 부인이었다. 후 부인은 부녀자들이 글이나 글씨를 써 남에게 전하거나 세상에 남기는 것을 매우 그릇된 일로 여겼던 사람이다. 송시열은 자신이 종주로 받드는 율곡 선생의 어머니가 중국의 후 부인처럼 집안에서 바느질이나 하고 좀 더 나가 자수 정도나 하면 참 좋았을 텐데, 그러면 두 분의 부인을 바로 일치시키고 율곡 선생도 정호·정이 형제와 바로 일치시킬 수 있는데, 율곡 선생의 어머니는 시문만 남긴 것이 아니라 부인의 몸으로 집 바깥으로 나가 세상을 두루 둘러보지 않고는 그릴 수 없는 산수화를 그렸다는 게 무엇보다 못마땅하기 짝이 없는 것이다. 그것이 바로 사임당이 살았던 100년 전과 100년 후의 가장 크게 달라진 사회 질서의 모습이었다. 그리고 그것이 그 무렵 송시열이 가장 앞에서 이끌어가는 조선 성리학이 예전보다 더 강퍅하게 집안에서 부녀자에게 강압하고 있는 질서였는지도 모른다.

게다가 그 그림 뒤에 시와 발문을 붙인 사람들도 송시열로서는 마음에 들지 않았다. 소세양이 아무리 시문에

능했다 하더라도 다른 사람도 아닌 '황진이의 남자'로 불리던 일세의 바람둥이 같은 자가 감히 서인의 법통이자 종주인 대현 이율곡 선생을 낳은, 지혜롭고도 현숙하신 사임당의 그림에 시를 써 붙였다는 게 송시열로서는 마치 서인의 유림 전체가 모욕을 받은 것처럼 불쾌한 일이었을 것이다. 거기에 비록 탁상공론으로 끝난 일이긴 하지만 마음만은 이미 수십만의 군대를 양성하며 수백 번 북벌에 나섰던 송시열로서는 병자호란 때 삼전도 비문에 청나라에 아첨하는 글을 쓴 이경석이 감히 대현의 모친 그림에 발문을 붙인 것도 마음에 들지 않는 일이었다.

그래서일까. 이동명이 발문을 부탁하자 송시열은 이동명에게 도리어 편지를 보내 어머니의 산수화에 다음과 같은 의문을 제기하며 자신의 불편한 맘을 노골적으로 드러냈다.

"며칠 전 내게 발문을 부탁한 족자를 잘 받았네. 그런데 거기에 서로 의논하여 고쳐야 할 점이 있으나 인편이 막혀 여태껏 미루어져 유감스럽네. 생각해보건대 신 부인이 어진 덕으로 대현 율곡 선생을 낳으신 것은 송나라 후 부인이 정호·정이 두 분을 낳으신 것에 비할만한 일이라네. 후 부인의 행장에 쓰여 있기를 '부인은 부녀자로서 문장이나 필찰이 세상에 전해지는 것을 매우 옳지 않게 생각했다'라고 했는데 아마도 신 부인의 의견도 그와 같았을 것이네. 내게 전해진 족자의 그림은 그림을 전공으로 하는 화가들의 그림과 똑같아 한때 우연히 장난삼아 그리던 이들의 그림 같지 않다네. 다시 말해 부모의 말에 따라 억지로 그리던 그림들과는 좀 다른 점이 있지 않나 생각되네."

송시열은 편지 서두부터 후 부인의 행장을 들어 대현 이율곡 선생의 어머니가 시문을 짓고 서예를 하고 그림을 그려 그것을 후세에 전한 것을 매우 못마땅하게 여겼다. '아마 신 부인도 후 부인처럼 부녀자로서 문장이나 필찰이 세상에 전해지는 것을 매우 옳지 않게 생각했을 것이다.' 그런 생각을 가진 분의 그림이 남아 전한다면 그것은 한때 우연히 장난삼아 그리던 그림이거나 '어디 너도 한번 그려봐라' 하는 어버이의 분부를 듣고 억지로 그린 그림 정도일 텐데, 이 족자의 그림은 그런 부녀자의 그림 같지 않고 그림을 그리는 걸 업으로 하는 전공 화가의 그림 같다, 그래서 이 그림은 후 부인과 같은 생각을 하는 신 부인의 그림으로 볼 수 없다고 억지 주장을 하는 것이다.

긴 편지를 줄여 소개하면 송시열은 계속 이런 트집을 잡는다.

● 소나무 아래 관을 쓴 사람의 모습이 분명치 않은데 소세양은 그걸 중이라고 한다. 유학을 숭상하는 나라에서 부인의 그림에 대해 중을 운운하는 것은 현숙한 부인에게 적절치 않은 말이다.

● 남녀의 구별이 지극히 엄격해 일가친척이라도 무슨 물건을 서로 빌려가지 못하고, 심지어 한 우물도 같이 먹지 못하거늘 부인의 인장이 찍혀 있는 족자에 소세양이 시를 써놓다니, 참으로 미안한(막돼먹은) 일이다.

● 부인의 그림에 붙이는 시에 '꽃다운 마음'이니 '맑은 자취'니 '따라잡기 어렵다'니 하는 말 따위를 쓰다니(그러나 그것은 부인에 대해서가 아니라 소세양이 따라잡기 어렵다고 한 것은 그림의 예술적 경지를 따라잡기 어렵다는 뜻으로 쓴 말

이다.).

● 도대체 소세양은 무례하고 공손치 못하다. 부인과 무슨 인연이 있다고 감히 부인의 그림 위에 이따위 시를 쓴 것이냐?

그러면서 송시열은 편지를 계속 써내려갔다.

"가령 저 후 부인의 글씨가 있다고 하세. 정호 선생 형제가 어버이의 뜻을 어겨가며 기어이 그것을 남에게 보이고, 또 시인에게 그 원본 속에다 시를 쓰게 하지는 않았을 것이네. 마음속에 의심스러운 바를 숨길 수 없어 이같이 말하네."

이 부분에 이르면 서인의 나라, 노론의 나라를 이루려는 송시열의 음험함에 오히려 편지를 읽는 사람의 눈앞이 그만 아뜩해지고 만다. 암만 편지로지만, 또 송시열이 17세 연상이긴 하지만 그로부터 이런 말 같지도 않은 말을 폭력적으로 들었을 이동명의 마음은 어떠했을까.

사임당의 그림이 너무나 뛰어나 그 정도의 실력이면 전공 화가의 그림이지 일반 아녀자의 그림 같지 않아 믿을 수 없다고 하는 의심은 충분히 할 수 있다고 하더라도 (그것이 오히려 그림에 대한 역설적인 칭찬일 수도 있는 일이지만) 그 뒷말은 무례하기 짝이 없다.

예를 들어 후 부인의 글씨가 있다고 했을 때, 그의 아들 정호·정이가 어머니의 뜻을 어겨가며 기어이 그것을 남에게 보이고, 또 시인에게 그 그림에다가 발문의 시를 쓰게 하지는 않았을 것이라는 말은 그 그림을 자기에게 (그리고 앞으로도 누구에게 보일) 이동명에게 그래서는 안 된다고 꾸짖다 못해 대놓고 모욕한 것이나 다름없는 일이었다.

송시열은 자신이 대현으로 받드는 이율곡의 아버지 이원수(증좌찬성 이공)의 묘표(죽은 이의 이름과 생몰 연월일, 행적 등을 새기어 무덤 앞에 세우는 푯돌이나 푯말)도 짓고, 묘비명도 짓고, 이동명의 증조부인 이우(사임당의 넷째 아들)의 흩어진 시편들을 모아 간행한『옥산시고』에 서문도 쓰고, 이우의 무덤 앞에 세운 묘갈문을 썼던 사람이다. 특히나 이율곡에 대해서 얼마나 많은 글과 자취와 떠받듦을 남긴 사람인가.

그러나 자신이 받드는 대현 이율곡 선생의 어머니 사임당의 그림에 대해서만은, 더구나 그것이 세상 밖으로 나가 두루 살펴보아야만 그릴 수 있는 산수화에 대해서는 후 부인의 예를 들어 조금도 그걸 인정하려 하지 않았던 것이다. 아니, 그 당시 자신이 쥐고 이데올로기의 권력으로 사임당의 그림이 아닌 것으로 지워버리고 싶었던 것이다. 그에게 율곡은 정호·정이처럼 한 나라 유학의 기틀을 이루는 대유학자이고, 율곡의 어머니 사임당 역시 정호·정이의 어머니인 후 부인과 꼭 같아야 하기 때문이었다.

조선 성리학 이데올로기의 문제적인 사람 송시열은 그보다 17년쯤 일찍 사임당의 난초 그림에 이런 발문을 남겼다.

"이것은 고 증찬성 이공(이원수)의 부인 신씨가 그린 것이다. 손끝에서 나온 것으로도 혼연히 자연을 이루었으니 사람의 힘을 빌려서 된 것 같지 않다. 그림도 이 같거늘 하물며 우주 오행의 정수를 얻고 천지의 기운을 모아 참 조화를 이뤄 사람이 태어나게 하는 일에는 어떠하겠는가. 과연 율곡 선생을 낳

의심이 당연하다."

　이미 이때에도 송시열에게는 사임당과 관련된 모든 것의 결론은 '대현 이율곡 선생'인 것이었다. 사임당은 송시열에게 안견 다음 가는 산수화 화가가 아니라 '증좌찬성 이공의 부인'일 뿐이고, 사람의 힘을 빌려서 된 것 같지 않은 난초 그림 역시 사임당의 그림 작품으로 뛰어난 것이 아니라 율곡 선생의 탄생을 우주의 참된 조화로 설명하기 위한 하나의 보조물일 뿐인 것이다.

　이것은 비단 화가 사임당에게만 해당되는 일은 아니었다. 사임당이 살았던 때로부터 불과 100년 사이에 조선의 유림이 성마르게 달라져온 변화들이었다. 네 번의 큰 전란(임진왜란·정유재란·정묘호란·병자호란)을 겪은 다음 안으로 다진 존명벌청이라는 명분하에 중화와 일치를 꿈꾸는 조선의 성리학은 집 밖에 나가면 늘 얻어터지는 못난 사내들이 집안에서는 오히려 더 군림하려드는 것처럼 밖으로는 허약하고 안으로는 빗장을 걸 듯 더욱 강경하게 교조화되었다.

혼례에서는 일단 혼인하면 여자는 출가외인이 되고, 재산 상속에서도 예전 남녀균분에서 남자 독식(나아가 장자 독식)으로 바뀌어가고 남존여비를 더욱 굳건히 하던 시절이었다.

송시열과 그의 무리가 바라는 세상은 부녀자의 문장이나 필찰이 세상에 전해지는 것을 매우 옳지 않게 생각하는 후 부인과 같은 여성이 필요한 것이지 오서육경에 통달하여 일곱이나 되는 자식들을 누구 하나 서당에 보내지 않고도 어머니가 교육하고, 안견 다음으로 정묘하게 산수화를 그리는 사임당이 필요한 것이 아니었다.

그것은 그들에게 대단히 현숙하지 못한, 아니 남자들만의 세계를 넘보는 오히려 위험하고 불온하기 짝이 없는 여성들의 모습이었다. 그래서 송시열은 사임당의 낙관이 찍힌 작품까지도 그것이 너무나 전문 화공의 그림 같아 어머니의 그림으로 인정할 수 없다는 것이었다. 자신이 생각하는 세상의 질서로 보더라도 그에게 그것은 절대 대현 율곡 선생 어머니의 그림이어서는 안 되는 것이었다.

송시열은 나중에 이동명의 설명을 듣고 난 다음에 쓴

발문에서도 사임당의 낙관까지 찍혀 있는 사임당 그림을 끝내 사임당의 그림으로 인정하지 않았다. 아니, 인정하려 들지 않았다는 표현이 옳을 것이다. 그러면서 작품의 내용과 다른 엉뚱한 말을 발문이랍시고 늘어놓았다.

"이 그림은 이동명의 집에서 나왔는데 그의 고조모님의 유적이라고 한다. 그러나 세대가 오래되어 참인지 거짓인지 명확하지 않다. 이동명은 그것이 좀먹고 먼지에 더러워지는 것을 참지 못해(방지하거나 막기 위해서가 아니라 참지 못해) 장첩을 꾸며 보관했다. 이것은 주나라 왕실에 있는 적도(무왕이 상나라의 폭군 주왕을 죽일 때 쓰던 칼)와 천구(역시 주나라의 보물로 하늘빛의 옥)가 어찌 선왕이 친히 만든 것일까만은 잘 지키는 것이 효도인 것과 같은 셈이다."

그러니까 사임당의 인장이 찍혀 있어도 자신으로서는 끝까지 이것을 율곡 선생의 어머니가 그린 그림으로 인정하고 싶지 않고, '주나라의 보물이 그렇듯 그것이 어머니가 그린 그림이 아니라 하더라도 잘 지키는 것이 효도하는 것'이라는 내용이다. 앞서 보낸 서찰도 그렇지만 이런 무례하기 짝이 없는 글을 사임당의 그림에 함부로 쓸 수 있다는 것만으로도 당시 서인 유림 안에서 그의 위세를 짐작할 수 있을 것이다.

사임당이 세상을 떠난 지 137년 되던 1688년.

여든두 살의 송시열은 다시 우의정 홍중보에게 편지를 보내 오랫동안 돌보지 못한 파주 율곡원에 있는 사임당의 묘소를 정비하자고 말한다. 서인과 남인 간의 당쟁 심화, 숙종 임금의 환국정치, 세자 책봉 문제에서의 의견 대립으로 서인의 입지와 송시열의 목숨이 풍전등화처럼 흔들리던 때였다.

바로 그런 때 어머니의 묘소를 정비하자고 한 것은 이 힘든 시기에 율곡 선생 어머니의 묘소를 정비하는 것으로 서인의 결속을 강화하자는 것이었지 한 사람의 독립된 인물로 사임당을 인정해서가 아니었다. 그들은 단지 그들의 정통성에 종주와도 같은 대현 율곡 선생을 낳으신 후 부인과 같은 신 부인이 필요했던 것이다.

이후 사임당의 그림에 대한 후대인의 평은 대략 다음과 같다.

"내가 일찍이 옛 서적을 살펴본 바 이른바 여자의 일이란 베짜고 길쌈하는 데 그칠 뿐 그림 그리는 따위의 일은 하지 않았다. 그런데도 부인의 기예가 이와 같은 것은 어찌 여자가 받아야 할 교육을 등한시한 것 때문이겠는가. 진실로 타고난 재주가 총명하여 여기까지 온 것이리라. 옛사람이 이르되 시와 그림은 서로 통하는 것이라 하였다. 시도 부인이 할 일은 아니지만 『시경』에 있는 「갈담」, 「권이」 같은 것은 저 거룩한 부인(문왕의 어머니 태임)이 지은 것이다. 또 여자가 지은 것으로 「초충」편이 있는데 이 그림(사임당의 초충도)이 바로 그것을 그려낸 것이니, 이것을 어찌 베 짜고 길쌈하는 것 외의 일이라 업신여길 수 있겠는가? 내가 들으니 부인은 시에도 밝고 예법에도 익숙하여 율곡 선생의 어진 덕도 실상 그 어머니의 태교에서 비롯된 것이다.
　　- 사임당의 초충도를 보고 김진규가 쓴 글

그림을 그린 이는 율곡 선생의 어머니요. 선생을 공경함이 어머니인 부인께도 미치어 그림을 보다가 나도 모르게 경탄했네. 내가 생각건대 고이 앉아 종이 위에 붓 던질 때 그림을 그리려고 한 것은 아니었고, 「갈담」, 「권이」에서 읊은 것을 본떠서 그려내니 소리 없는 시로구나."

　　- 신정하의 사임당 초충도가 중에서

"예로부터 그림 잘 그리는 이야 많지 않았는가. 다만 그 사람 자신이 후세에 전할 만한 인품을 가진 후에야 그가 그린 그림이 더욱 귀하게 되는 것이다. 그러지 못하면 '그림은 그림대로 사람은 사람대로'인데 어찌 비교할 수 있겠는가. 부인의 정숙한 덕과 아름다운 행실은 지금껏 부녀들의 으뜸이라고 일컬어지기도 하는데 하물며 율곡 선생을 아들로 두지 않았는가. 율곡 선생은 백세의 사표인데 그분을 앙모하면서 어찌 그 스승의 어버이를 공경하지 않을 수 있겠는가."

　　- 송상기의 사임당 화첩 발문 중에서

"율곡 선생은 백대의 스승이라 내 일찍이 저 태산과 북두성처럼 우러렀는데 이제 또 그 어머니의 작품을 보니 그 경모되는 바가 과연 어떻겠는가."

- 권상하의 「대·오이·물고기 그림첩에 적음」 중에서

"부인은 훌륭한 덕행을 갖추고 대현을 낳아 기르셨는데 이 점은 진실로 후 부인에게 뒤지지 않는다. 그런데 지금 그림첩을 보니 재주가 뛰어나고 예술이 우뚝한데 이것은 후 부인에게서 듣지 못한 말이다. 이와 같다면 덕을 갖추고도 모든 일에 능한 분이라 아니할 수 있겠는가."

- 정호의 사임당 화첩 발문에서

"율곡의 선생됨을 보면 이른바 단샘에도 근원이 있고, 지초도 뿌리가 있다는 말을 증험하게 한다."

- 신경이 사임당의 그림을 보고 나서 쓴 글 중에서

"붓 솜씨가 그윽하고 고우면서도 고상하니 고운 것은 여성이기 때문이요, 고상한 것은 율곡 선생 어머니 된 까닭이다."

- 조구명의 『동계집』 중에서

"정성들여 그은 획이 그윽하고 고상하고 정결하고 고요하여 부인께서 더욱더 저 태임의 덕을 본뜬 것임을 알 수 있다."
- 사임당의 글씨에 대해 강릉 부사 윤종의

이렇듯 후대의 평들도 모두 송시열의 뜻에 착실히 따른다. 사임당의 그림과 글씨에서 그림과 글씨는 보지 않고 그것을 가리킨 송시열의 심중과 송시열의 손끝만 바라본 꼴이다. 그 점에서 승리자는 송시열이었다.

어머니가 있어 자식이 있는 게 아니라, 그들에게는 율곡 선생이 없으면 율곡 선생의 어머니도 없는 것이다. 율곡 선생 어머니의 그림은 더욱 없는 것이다. 다른 곳에 쓴 것도 아니고 율곡 선생의 어머니의 그림에 붙인 평에 여자는 베나 짜고 길쌈이나 하는 것이지, 시를 쓰고 그림을 그리는 것은 부인이 할 일이 아니라고 대놓고 말한 것이다.

더욱 특별한 것은 송시열이 이동명에게 안하무인격의 태도로 큰 불만을 드러낸 이후 사임당의 그림 가운데 초충도와 포도도에 대한 평과 발문은 더러 나와도 산수화에 대한 글은 시든 발문이든 더는 나오지 않았다는 것이다. 송시열은 유학으로 당대의 정치 이데올로기와 헤게모니를 장악했던 사람이다. 홍중보에게 편지를 쓴 다음해에 세자 책봉 문제로 노론이 실각하며 사약을 받긴 했어도, 그가 그토록 불편하게 여겼던 사임당의 산수화에 대해 말하는 것은 이 땅의 유학자 어느 누구에게도 쉽지 않았던 것이다.

율곡이 퇴계 이황과 더불어 조선 성리학의 양대 산맥과도 같은 상징적 존재라면 송시열 역시 그러했다. 그는 당쟁으로 목숨을 잃어도 그 당쟁으로 오히려 우뚝 자신의 이름을 세운, 노론의 유림 안에서는 누구도 쉽게 유학의 이름으로 범접할 수 없는 그 시대의 또 다른 상징적 인물이었던 것이다. 결국 송시열이 세운 것은 대현 이율곡이 아니라 이율곡을 통한 송시열 자신의 교조적 나라였던 것이다.

그런 송시열의 나라에서 모두가 사임당의 그림에 대해서 송시열이 일찍이 규정한 범위 안에서 얘기했다. 사임당에 대해 송시열이 심중에 담고 있는 뜻 그대로 사임당의 모습에서 억지로 글과 그림을 떼어내고 후 부인처럼 현숙한 부인의 모습만 남기고자 했다. 그리고 그런 그들의 의도대로 살아생전에는 화가로 이름을 떨쳤던 사임당은 지워지고 하늘의 조화를 받아 오직 율곡 선생을 낳은 현숙한 어머니로 그들의 유학 사회에 또 한 명의 후 부인이 되어갔던 것이다.

이제 사임당 내가 말한다

　이제 이 평전의 끝에 이르러 나 사임당이 말한다.

　오늘날이라고 나를 바라보는 시선은 크게 달라진 게 없다.

　세상 사람들은 내가 대유학자인 율곡의 어머니라는 점에서, 특히나 그런 아들을 두었다는 점에서 내 삶을 닮고 싶어 하고 부러워한다. 그래, 그 시대에 유복한 사대부 집안에서 태어나고, 학문을 하고 서화를 하였다는 것은 당연히 부러운 삶일 것이다. 그런 여건과 환경이 되는 집안에서 태어나 일곱이나 되는 자식을 서당에 보내지 않고 내가 직접 가르친 것도 특이한 일일 것이다.

　내가 태어난 시대의 앞뒤를 둘러봐도 내 앞은 물론, 내 이후에도 조선시대에 자기 자식을 직접 가르친 여성은 없었다. 내 아들 율곡도 학문에서 자기의 스승은 어머니뿐이라고 말했다. 큰딸 매창도 여자로 태어나 나름 서화에 일가를 이루었다. 막내아들 이우는 시·서·화·금(거문고)의 사절로 불릴 만큼 다방면에서 재주를 발휘했다. 벼슬자리로 나갔든 아니든 내게는 다 귀한 자식들이다. 저마다 잘할 수 있는 것이 다르고 소질이 다른 자식들이다. 나는 그런 자식들이 저마다 자기가 잘 할 수 있는 것을 할 수 있게 하고 싶었다. 그건 어느 시대나 마찬가지다. 나는 그것이 교육이고 어머니가 자식을 이끄는 일이라고 생각한다.

그럼 이제 그 밖의 것들을 보자. 내가 47세에 세상을 떠날 때까지 그토록 뒷바라지한 남편은 과거의 소과 초시에도 오르지 못했다. 내가 남편 운이 없다고 할 수도 있고, 남편의 과거 운과 관직 운이 없다고 할 수도 있다. 후대에 쓰인 어떤 책에서는 남편 이원수가 집안이 한미하여 데릴사위로 신씨 집안에 장가를 들었다고 쓰여 있던데 절대로 그렇지가 않다. 조선시대에는 이만한 명문 집안도 없었다. 남편이 일찍 아버지를 여의긴 했지만, 남편의 당숙(아버지의 사촌) 둘은 영의정과 좌의정을 지냈고, 한 집안에서 은근히 라이벌로 여겨지던 남편의 사촌은 조정에서 가장 권세가 막강한 이조판서를 지냈다. 과거에 늘 낙방하던 남편은 이들에게서 일 년에 몇 교대로 돌아가는 계절직과도 같은, 무관직 중에서 품계가 낮은 체아직을 얻었다. 또 나이 50이 되어서야 수운판관이라는 벼슬을 얻은 것도 영의정 당숙의 덕을 입은 것이었다. 아무리 그 어른을 찾아가지 말라고 해도 오촌 안의 친척이고 집안 어른이다. 그걸 지켜보며 늘 위태위태한 마음이 들었다.

내가 세상을 떠나기 전 일곱 자식 가운데 혼기에 이른 자식이 넷이었지만 혼례를 치른 자식은 제일 큰딸인 매창뿐이었다. 이미 혼기를 놓친 듯 보이는 28살의 큰아들은 어릴 때부터 부증을 앓았고, 내가 죽은 다음 32살에 혼인하고 진사 시험에 합격했다.

후대의 사람들은 나를 자녀 교육에 성공한 사람처럼 여기지만, 내 자식 중 어느 아들도 내가 세상을 떠나기 전

대과는 고사하고 대과의 예비시험이라고 할 수 있는 소과에도 오르지 못했다. 셋째 아들인 율곡이 13살 때 처음 과장에 나가 치른 소과 진사 시험 초시에서 장원한 것이 살아생전 내 자식들이 내게 학문으로 보여준 결실의 전부였다.

그런데도 다들 나 사임당의 삶이야말로 자식들의 성공을 다 지켜본 여한이 없는 삶처럼, 또 자식 교육에 성공한 삶처럼 말한다. 율곡과 같은 훌륭한 인물을 아들로 두었다는 결과만 가지고 다들 그렇게 여기는 것이다. 눈을 감을 때 열여섯 살짜리 아들이 앞으로 어떻게 성장할 줄 알고 미리 자식 교육에 성공한 부모처럼 말할 수 있겠는가. 아마 이 글을 읽는 사람들도 어려서부터 그렇게 배워왔고, 가르치는 사람 역시 내용을 모른 채 무조건 그렇게 가르쳐 왔기 때문이다. 애초에 나 사임당은 자식 교육에 성공한 어머니가 아니라 자식들을 반듯하게 키우려고 노력한 어머니이고, 또 자식들마다 자기가 잘 할 수 있는 것을 이끌어주려 했던 어머니이다.

그리고 나 자신은 한 사람의 독립된 여성 예술가로 나

의 그림 세계를 펼쳐나가고 싶었다. 살아서는 독립적인 예술가로 어느 정도 평가받기도 했다. 나는 내가 그림 스승으로 사숙한, 조선 전기의 최고 화가인 안견보다 87년 후에 태어났다. 그분과 나 사이엔 또 얼마나 많은 화가가 있었겠는가. 나라의 도화서에는 또 얼마나 많은 화공이 있었는가.

그런데도 나는 조선 전기에 산수화 부분에서 안견 다음가는 화가로 평가받았다. 율곡의 어머니로 그렇게 평가받은 것이 아니라 과거의 소과 초시에도 오르지 못한 '선비 이난수(이원수의 본래의 이름)의 처'로 그런 평가를 받았던 것이다.

그러던 것이 네 차례의 전란(임진왜란, 정유재란, 정묘호란, 병자호란)을 거친 다음 100년 후 이 땅의 가부장제가 더욱 강화되면서 서인(노론) 정치가들에 의해 집 밖으로 나가야 산수화를 그릴 수 있는 화가로서의 자리는 의도적으로 무시되거나 축소되고 율곡과 같은 대유학자를 낳은 오로지 현숙한 어머니, 현숙한 부인으로만 이미

지 메이킹이 되었다. 그림도 산수화는 멀리 치워지거나 가려지고 난초 그림과 초충도만 집중적으로 평가하였다. 이것은 한 사람의 예술가로서는 정말 불행한 일이다. 내 이미지가 '조선의 어머니'로 떠받들어지는 동안 안타깝게도 나의 진짜 그림 산수화들은 하나둘 자취도 없이 사라지고 말았다.

그러다 나라의 사정이 위급한 구한말과 일제강점기에는 또 그 시대마다 여성이 본받아야 할 군국의 어머니로, 해방 후 독재 시절엔 세상에 어떠한 토도 달지 않는 유순한 자식들을 길러내며 남편과 자식을 뒷바라지하는 현모양처로 '사임당교육원'이라는 것까지 생겨났다. 그리고입시 지옥 속에서는 나의 이미지가 하루 스물네 시간이 부족한 교육의 어머니로 바뀌어왔다.

그러다 오늘날에 이르러서는 화장품과 막걸리와 학원과 의류 패션에 이르기까지 내 이름이 들어가지 않은 데가 없게 되었다. 불법 도박장과 유흥업소 말고는 '사임당'이라는 나의 당호가 붙지 않는 곳이 없는 시대가 되어버렸다. 부동산도 사임당이고, 우리나라에서 가장 단위가 높은 5만 원권 화폐에도 내 얼굴이 들어가 있다. 그것이 오늘날 현대인이 생각하고 바라보는 나의 모습이자 이미지이자 상징이 된 것이다. 어디에도 있으나, 그러나 막상 찾으려 들면 어디에도 없는 존재가 되어버린 것이다.

그러나 나는, 어쩌면 나를 가장 높이 받들려고 애쓰다가 오히려 나의 정체성을 지워버린 송시열과 그 이후 조선 유학자들이 어떻게 말하든 조선시대의 화가 사임당이다. 그리고 오늘날 사람들이 '사임당'이라는 나의 이미지를 어떻게 받아들이든 내 자신이 살았던 시기에 '신씨' 혹은 '동양' 때로는 '동양 신씨'로 불리던 조선의 산수화가였던 것이다. 나는 그 시대에 다시 없는 영광의 축복처럼 강릉 북평촌에 있는 검은 대숲 집에서 태어나 어려서부터 경전을 통할 만큼 학문을 하였고, 그런 환경 속에 어려서부터 안견을 스승으로 삼아 사숙한 조선의 화가 사임당 신씨인 것이다.

다시는 나처럼 오랜 시대의 휘둘림과 이미지의 휘둘림 속에, 자신의 그림을 잃는 불행한 예술가가 나오지 않기를 바랄 뿐이다.

한민족의 정체성을 만든
인물들을 통해, 삶의 지혜와
미래의 길을 연다.

고대

배달 민족의 얼인 고대 동아시아 지배자

나는 치우천황 이다

대동 세상을 열려는
너희 본디 마음이 나 치우다

"나는 천산산맥 넘어 해 뜨는 밝은 곳을 향해 내려와
신시 배달국을 열었다. 너도 하느님 나도 하느님,
너도 왕이고 나도 왕이니 서로서로 섬기는 대동 세상 터를
닦고 넓혀왔다. 하여 뭇 생명이 즐겁고 이롭게 어우러지는
세상을 열려는 너희 본디 마음이 곧 나일지니."
-치우천황이 독자에게-

이경철 지음 | 값 14,800원

근세

지킬 것은 굳게 지킨 성인군자 보수의 표상

나는 퇴계 다

'완전한 인간'을 위한
자기 단련의 길이 나 퇴계다

"나는 책이 닳도록 수백 번을 읽었다. 그랬더니
글이 차츰 눈에 뜨였다. 주자도 반복해서 독서하라.
이르지 않았던가? 다른 사람이 한 번 읽어서 알면,
나는 열 번을 읽는다. 다른 사람이 열 번 읽어서
알게 된다면, 나는 천 번을 읽었다."
-퇴계가 독자에게-

23 박상하 지음 | 값 14,800원

근세

보수의 대지 위에 뿌린 올곧은 진보의 씨앗

나는 율곡 이다

바꾸자는 개혁의 길
너의 생각이 나 율곡이다

"나라는 겨우 보존되고 있었으나, 슬픈 가난으로
시달리는 백성들은 온통 병이 깊어 숨이
넘어갈 지경이었다. 백척간두에 선 채 바람에
이리저리 위태롭게 흔들리고 있었다.
내가 개혁을 외치고 나선 이유다."
-율곡이 독자에게-

박상하 지음 l 값 14,800원

근세

현모양처의 대명사인 한 여성의 삶과 꿈

나는 사임당 이다

많이 알려졌어도 실제
내 삶을 아는 사람은 드물구나

"나만큼 많이 알려진 인물도 없다. 그러나 나만큼 제대로
알려지지 않은 인물도 없다. 율곡의 어머니, 거레의
어머니, 현모양처의 모범과 교육의 어머니로 많이
알려졌어도 실제 내 삶이 어떠했는지 아는 사람은
거의 없다. 나는 내 삶을 바르게 살고 싶었을 뿐이다."
-사임당이 독자에게-

이순원 지음 l 값 14,800원